四时之词

宋词中的二十四节气

关鹏飞 著

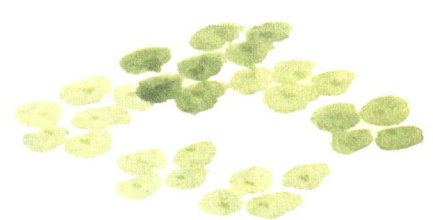

北方联合出版传媒(集团)股份有限公司

万卷出版公司

2019年·沈阳

ⓒ 关鹏飞 2019

图书在版编目（CIP）数据

四时之词：宋词中的二十四节气 / 关鹏飞著. —
沈阳：万卷出版公司，2019.10
ISBN 978-7-5470-4825-2

Ⅰ.①四… Ⅱ.①关… Ⅲ.①宋词—选集 Ⅳ.
①I222

中国版本图书馆CIP数据核字（2019）第172985号

出 品 人：刘一秀
出版发行：北方联合出版传媒（集团）股份有限公司
　　　　　万卷出版公司
　　　　　（地址：沈阳市和平区十一纬路25号　邮编：110003）
印 刷 者：辽宁新华印务有限公司
经 销 者：全国新华书店
幅面尺寸：146mm×210mm
字　　数：230千字
印　　张：9
出版时间：2019年10月第1版
印刷时间：2019年10月第1次印刷
责任编辑：张洋洋
责任校对：高　辉
装帧设计：■鼎籍文化创意　马婧莎
ISBN 978-7-5470-4825-2
定　　价：39.80元
联系电话：024-23284090
传　　真：024-23284448

自　序

　　这本书的书名叫《四时之词：宋词中的二十四节气》。"四时"与"二十四节气"的关系，南宋遗民陈普在其《石堂先生遗集·气候》中说得很清楚："天有四时，寒暑系焉。五日为一候，三候为一气，二气为一月，六气为一时。备四时之气，凡二十有四。"十五天是一个节气，两个节气是一个月，六个节气是一个季节，即"一时"，四季便是二十四节气。元代胡炳文《二十四气论》、明代郎瑛《七修类稿·气候集解》都有详细的解说，感兴趣的朋友可以找来翻翻。

　　以时间为线索来编排诗词，古已有之。有"诗鬼"之称的李贺，就写有《河南府试十二月乐词》，虽名为词，实乃诗句。南宋蒲积中编有《岁时杂咏》，按节气、时令收诗。当代隋唐史学者蒙曼老师所著的《四时之诗：蒙曼品最美唐诗》，便是以时令收诗的佳作之一。以时令收词也不少见，如《群英草堂诗余后集》中就有《节序》篇，选"上元""立春"等词，但数量极有限。南宋宗室赵长卿的《惜香乐府》，就干脆以时令安排词作。当代则有《中国二十四节气诗词鉴赏》《宋代节序词研究与欣赏》等书。本书便是在此基础上写成的。写作本书的目的是希望为普及中华文化略尽绵薄之力。职此之故，为更好地传播传统文化，方便读者朋友更有效、轻松地阅读本书，做些简介是有必要的。

首先，节序词不乏佳作，但诚如南宋遗民、著名词论家张炎所论，好作品太少，他在《词源·节序》中说："昔人咏节序，不惟不多，付之歌喉者，类是率俗，不过为应时纳俗之声耳。"认为节序词本来就很少，而且多草率粗俗之作。尽管他也指出一些好词，但数量太少，要写成一本书，就不能不先回答这些问题。确实，节序词不多，有些节气，如小满和芒种，我们能够完全确定的宋词几乎没有。在这种情况下，本书从三个方面解决。第一，选采南宋以前的节气诗歌，为宋词溯源。第二，寻找南宋以后的节气词作，为宋词开流。第三，偶尔兴起，代为填词一首。至于节序词比较草率粗俗的毛病，这实际上跟本书关系不大。因为本书是通过宋词中的节气词来触摸节气文化，本非仅仅流于欣赏字句而已，更何况好与不好的标准，本就很主观，我们不必迷信权威。恰恰相反，这倒带来一个好处，因为节序诗词多被传统词论家、诗论家轻视，所以诗词选本所选节序诗词不多，本书所选一百六十多篇诗词中，进入《唐诗三百首》《宋词三百首》等选本的不超过三十首，这就大大拓宽了读者朋友的阅读视野，为进一步提升打下坚实的基础。

其次，既然很多诗词，尤其是词，选本没选，甚至没有进入学者专家的视线，那么解读起来难度可想而知，本书能够胜任吗？这也是我最为担心的一点。我虽为古代文学博士毕业，跟从导师莫砺锋教授研习唐宋诗词，但在写作过程中仍然常常感到诗词尤其是中华文化的博大精深，不免有汲深绠短之叹。每当此时，我只能采用笨办法，多方收集资料，再涵咏体会，以期尽可能得出相对合理的答案。比如韦应物写过一首《夏至避暑北池》，其中有一句是"绿筠尚含粉，圆荷始散芳"。这里的"粉"字，《韦应物诗集系年校笺》《韦应物集校注》等都没出注，后来读到李商隐"绿筠遗粉箨，红药绽香苞"诗句，才恍然大悟，"粉"跟"粉箨"有关，盖竹笋上的笋壳，初脱时笋节旁常见粉末，即竹粉是也，如程垓《望秦川》词就说："竹粉翻新箨。"李商隐写的是竹笋已经脱落外壳，韦应物所写则是笋壳脱落，笋干上还有竹粉。此类例子甚多，我也不敢说完全正确，欢迎诸君批评指正。

最后，此处想要说明的是，尽管本书写于 2019 年，打基础却在几年前。很多节气、诗词的领悟，早在写作本书之前就已开始。

我曾花一年时间创作了一本新诗集，取名叫《一年四季》，从 2016 年 2 月 19 日《临寒食帖》到 2017 年 2 月 3 日的《雨中立春》，共创作诗歌 181 首。这些诗歌有些发表在《散文诗》等杂志上。诗歌创作让我对季节、节气和万物有了更深的体会。所以创作完《一年四季》后，我把精力更多地放在观察植物上。当时临近博士毕业，工作已经确定，没什么事，我便把南大仙林校区和附近的花看了个遍，写了个遍。让我欣喜的是，我创作的习作中有一首《石竹花》，可以跟唐代诗人独孤及写的《答李滁州题庭前石竹花见寄》对读。由此可见，诗心诗情，虽历千年，亦有相通之处。这些都促进了拙稿的诞生。

当然，拙稿之所以能诞生，还跟诸位老师的谆谆教诲密不可分，其中跟本书最密切的是以下三位老师。记得在浙大跟陶然老师学习古典诗词，我负责花间词派的课堂展示，陶老师当场考我温庭筠为什么又叫"温八叉"，我虽回答上来，却不免一惊：如果看书不仔细，就语塞了。由此提醒我日后读书，不敢掉以轻心（如今我也如法炮制，经常在学生课堂展示时提问）。在北师大读研期间，跟随导师韩格平教授学习古籍注释学，让我在处理纷杂的材料时有头绪，有线索。而在南大读博期间，又在导师莫砺锋教授的言传身教下，加深对材料的精细理解，让人有观点，有情怀。以上三位老师都是我的榜样，虽不能至，心向往之，他们还在百忙中抽空为本书撰写推荐语，尤其是韩老师还在病中，爱护之情，令我无以为报，唯有端正态度，治学不辍，庶几能无愧于心。

　　著名学者陈垣先生，在北师大教史料学课程的时候，喜欢引用"勿信人言，人实诳汝"的诗句，来告诫那些"尽信书则不如无书"的学子不要被作者的话给欺骗了。我在序言中说的话是否正确，也需要读者朋友们翻阅本书方知。但有一句话，是此刻一看就知没错的，也就是这篇序言的最后一句话：

　　"谨以此书献给 H——我美丽的新娘。"

己亥谷雨

写于金陵适彼斋

目录
CONTENTS

春

002　**立春**　东风起·万物生

014　**雨水**　雨润物·细无声

021　**惊蛰**　春雷鼓·地力苏

030　**春分**　昼夜均·莺燕群

039　**清明**　扫墓归·踏青回

071　**谷雨**　春阑珊·农事晚

夏

082　**立夏**　木成荫·暑尚微

096　**小满与芒种**　新面熟·蒸米成

105　**夏至**　夕漏迟·一阴始

115　**小暑**　简书畏·水菽欢

125　**大暑**　人避暑·草化萤

秋

138　**立秋**　凉飙行·万物实

150　**处暑**　潸暑伏·蝉饮露

157　**白露**　罗袜湿·木樨香

174　**秋分**　暮霭寒·蟾光满

186　**寒露**　露乍冷·情难歇

194　**霜降**　百工休·草木零

冬

210 **立冬** 菊晚秀·万物收

221 **小雪** 寒气薄·雨凝雪

229 **大雪** 积雪盛·吟墨冻

243 **冬至** 葭灰吹·初阳复

258 **小寒** 劲风冽·瘦梅发

267 **大寒** 河封冰·心忧民

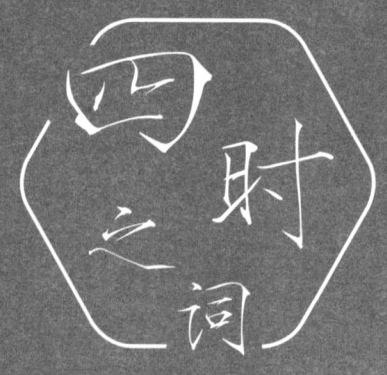

四时之词

注：每篇文章后附一首节气词，可用于描红。

立春

立春：东风起·万物生

立春，二十四节气中的第一个节气，代表春季开始。《礼记》曰："立春之日，天子迎春于东郊。"民间有"打春"之说。主行春天时令的天帝为青帝。

战国时的列子，御风而行。

他所驾御的风，称作离合风。

在立春这天，离合风开始吹拂八荒。那些刚刚经历寒冬考验的草根、秃木，被这离合风一吹，万物生长。

等到立秋那天，离合风离开地面，钻进地下的风洞，这时万物凋零。

离合风掌管万物生死，列子居然能够驾御离合风，自然也是超凡脱俗。

作为万物之一的普通人，我们也受离合风的约束，这时便会羡慕列子。但在立春这天，古人却没有时间羡慕，很多事情等着他们办理。其中最重要的，当数迎春。

在汉代，立春这天，百官都要穿上青色衣服，竖着长条春旗，门外摆放着泥土做的耕牛和耕人，迎接春天到来，祈祷耕种有好的开端。

到宋代，百姓把泥做的耕牛和耕人发展成一种商品——耕牛变成小春牛，耕人换作各类玩杂技的人，既保留着原有的韵味，又增加了新趣。他们通过买卖来传递祝福，跟我们今日购买春联等行为，已差不多了。

万物生长的春天，对没有冰箱、没有大棚种植技术的古人来说，最大的享受莫过于新食材的食用。

据《四时宝镜》记载，立春这天，大家都喜欢吃"生菜"，把这道菜称作"春盘"。

值得注意的是，这个"生菜"可不是我们鸡蛋灌饼中夹着的生菜，而是指韭菜。

文学家中最知名的美食家苏东坡就说"渐觉东风料峭寒，青蒿黄韭试春盘"，这个"黄韭"就是指的嫩韭菜。

在苏轼之前，杜甫《立春》诗已写到韭菜："春日春盘细生菜，忽忆两京梅发时。盘出高门行白玉，菜传纤手送青丝。"诗中"细"和"青丝"，很形象地传达出"生菜"的特点——是韭菜无疑。

杜甫诗中指出装韭菜的是白玉盘，这是唐代的惯例。君王在立春这天，用白玉盘装韭菜，颁赐群臣。杜甫吃韭菜还不忘朝廷，就是苏轼评价他"一饭不忘君恩"的具体表现。

立春之后，天气变暖，春景灿烂。白居易《立春后五日》就写道：

立春后五日，春态纷婀娜。白日斜渐长，碧云低欲堕。

残冰坼玉片，新萼排红颗。遇物尽欣欣，爱春非独我。

迎芳后园立，就暖前檐坐。还有惆怅心，欲别红
炉火。

白居易眼中看到的春天，一片欣欣向荣。

水面上的残冰已经融化成一片一片的，像玉片一样；一些
花蕾如红色颗粒，排列在枝上。

随着万物生长，白居易受到感染，也想告别冬天取暖的炉
火，但春天才到五天，寒意没有完全消退，对于白居易这样的
老人来说，还要再静候到春意更暖的时候。

等到立春七日，情况有所变化。

罗隐在《京中正月七日立春》诗中随性地说：

一二三四五六七，万木生芽是今日。远天归雁拂云
飞，近水游鱼迸冰出。

对比白居易的诗，可见立春七天之后，不仅花蕾萌发，万
木的枝叶也开始萌芽。不仅冰块融化，连游鱼也开始欢跳。总
而言之，随着立春到来，万物一天一个样。

在这片喜春之声中，也有一些伤感的声音，主要来自游子。
唐代诗人窦常就在《途中立春寄怀杨郇伯》中说：

浪迹终年客，惊心此地春。风前独去马，泽畔耦
耕人。

老大交情重，悲凉外物亲。子云今在宅，应见柳
条新。

诗人很想念杨郁伯，把他比作扬雄，也很羡慕他，毕竟他
待在家里，而诗人自己却终年漂泊。水泽边已有勤劳的农民在
耕田，诗人却不得不在风中独自骑马远行。

立春意味着生长，也意味着年岁增加，这让诗人情绪更加
低落。当他看到新长出的柳条，竟不觉得欢乐，而联想到与杨
郁伯离别时折柳相赠的往事。

折柳意喻遮留，诗人想象着杨郁伯看到柳条长出新叶，自
己却没有归来，折柳的意愿没有实现，大概会难过，就写这首
诗寄给他，安慰他。当然，也是一种自我安慰。

立春诗在宋代更多，但新意不大，立春词却别具风味。

立春词创作较多的是爱国词人辛弃疾，明显标注"立春"的
就有三首，分别是《蝶恋花·戊申元日立春席间作》《汉宫春·立
春日》和《好事近·席上和王道夫赋元夕立春》。

这三首词都在感慨"往日不堪重记省，为花长抱新春恨"，
要么是通过春光明媚来对比自身衰惫，要么是通过花开灿烂来
对比花落飘零，只有《好事近·席上和王道夫赋元夕立春》略略
有赏梅之意。

其中写得最好的是第二首，在表层的感慨之下有寓意，选
入朱祖谋《宋词三百首》中：

春已归来，看美人头上，袅袅春幡。无端风雨，

未肯收尽余寒。年时燕子，料今宵梦到西园。浑未办，黄柑荐酒，更传青韭堆盘？　却笑东风，从此便薰梅染柳，更没些闲。闲时又来镜里，转变朱颜。清愁不断，问何人会解连环？生怕见花开花落，朝来塞雁先还。

上阕先写立春习俗，余寒尚在，春幡已动，燕子将归，春盘始上。

所谓"春幡"，是指剪裁出来的小旗，或者挂在花枝之下，或者戴在家人头上。辛弃疾所见的春幡，是戴在美人头上的。

"袅袅"二字极妙，既是春风袅袅之意，又很容易联想到美人行路袅袅之态。

春天降临，燕子欲归，辛弃疾却说燕子今夜会做梦，梦见自己回到西园，此为神来之笔，既指出燕子想要飞回，又指出燕子还没飞回。

无论是美人还是拟人化的春燕，都已感受到春回大地，这时辛弃疾词笔一转，却写自己对立春之漠然：立春日要喝的黄柑酒，要吃的生菜盘，一样都没准备！

这就不能不让人疑惑：难道辛弃疾也跟我们现代人一样，不过节气了？

不是，辛弃疾有他的理由，这在下阕解答。

下阕一上来他就嘲讽春风忙个不停，忙什么呢？就是把梅树、柳树吹醒。

好不容易有些闲暇，春风可闲不下来，又跑到人们的镜子里，把黑丝吹成白发。

春风这么热情，辛弃疾一点也不领情，原因就在于他不愿变老。为什么不愿变老呢？最后四句是关键。

解连环使用的是《战国策》典故，据说秦昭王派使者给齐襄王的王后送来玉连环，让齐国大臣解，但没有人解得开，王后就把玉连环打碎，说解开了。这里面其实暗寓着"宁为玉碎不为瓦全"的斗争精神，辛弃疾问何人会解连环，也就表明他是抵抗派。

该词作于辛弃疾来到南宋后的第一年立春，即绍兴三十二年（1162年）。辛弃疾原是山东人，在战国正属齐国。

原来，辛弃疾怕老，是害怕南宋还没收复北方失地，自己就先老了。

末两句正点明此意："生怕见花开花落，朝来塞雁先还。"辛弃疾害怕花开花落，冬去春来，是害怕大雁先在春天返回北方，而我辛弃疾却还没有带兵收复北方！

生活在北宋就没有这个担忧了，毛滂与辛弃疾就很不同，北宋元符二年（1099年）立春日，毛滂写下《玉楼春·立春日》。

整首词都在写景，只末两句点出用意，原词如下：

小园半夜东风转。吹皱冰池云母面。晓披闾阖见朝阳，知向碧阶添几线。 小烟弄柳晴先暖。残雪禁梅香尚浅。殷勤洗拂旧东君，多少韶华聊借看。

写这首词时，毛滂在做武康县令。全词由夜入昼，写出春景。先是夜半，园中刮起东风。东风就是春风。春风一刮，原本冰冻的云母绿池面，此刻解冻，被吹皱了。早上天门打开，朝阳照向碧阶，古人认为冬至以后，日影每天都长一线，立春距去年冬至已经四十五日，因此说不知添了多少线，这是指白昼越来越长。

上阕似乎全在写景，实际上景后有人，我们在阅读的过程中完全能感受到毛滂的存在，他从夜半就开始观察，一直到早上。

下阕写早上毛滂也没闲着，继续看春。毛滂以梅、柳对比来写。晴光照耀在柳树池边，蒸腾的水汽如烟，抚弄新柳，而阴处无光的地方还残留着积雪，在这些积雪的覆盖下，梅花只能绽放出浅淡的香气。

这里面有没有毛滂的寄托呢？从他只是一个小县令来看，应该是有的，但不必坐实。

末句的"旧东君"不太好理解，但他同时创作的另一首词云："醉乡深处少人知，只与东君偏故旧。"可见"旧东君"就是指旧友般熟悉的东君。

毛滂把春神当作此地不多的旧友，本身就令人颇感寥落，何况又说自己要殷勤洗拂春神，让他更加明媚，以便"借看"韶华。韶华就是指春光。春光需要借看，可见自身没有，暗示出毛滂对自己衰老的无奈。

原来毛滂半夜起来迎春，就为多看一眼春光，他如此珍惜春光，那么当他面对自己的春光不再时，该有多么伤心！这些"韵外之致"，他隐藏得比辛弃疾深！

我们都知道，宋词大体上可分两派，即婉约和豪放。就文学史角度而言，毛滂、辛弃疾都算是豪放派，可他们在立春日所写的作品，却都倾向婉约。

要看真正豪放的立春词，需要在苏轼的作品中寻找。

同年的立春日，毛滂之外，苏轼也写过一首《减字木兰花·立春》。

当时他正贬谪海南，单纯从处境而言，比毛滂恶劣得多，但词却写得激昂：

> 春牛春杖，无限春风来海上。便与春工，染得桃红似肉红。　　春幡春胜，一阵春风吹酒醒。不似天涯，卷起杨花似雪花。

上阕开头两句，就奠定全词的积极乐观基调。

"春牛""春杖"，都是立春劝耕的物品，东坡远在海南，也不废中原习俗。

据东坡自己说，海南当时比较落后，耕种文化不发达，因此他这样写，也是另一种形式的劝耕。紧接着写的"无限春风来海上"，可与"苏门四学士"之一的晁补之所写"谓东风、定是海东来，海上最春先"对读。

苏轼不仅不以远谪海南为意，反而为海南春天来得早高兴，大概这样更有助于兴农。

"春工"类似春神。海南春天来得这样早是有依据的。毛滂在武康，立春时梅花还没盛开，海南立春时已经桃花灿烂了。

加一"染"字，再把"桃红"比作"肉红"，就连带显示出春工不仅神妙，而且无私，不仅把春天带给万物，似乎也把春天带给苏轼了。

下阕由女子起头，"春幡""春胜"，都是女子头上所戴，是迎春的另一习俗。

苏轼迎春喝酒，他本来酒量就不大，很快就醉了。可是温暖的春风一吹，像有魔力一样，苏轼立刻酒醒。这再一次映证上阕"肉红"所暗示的，春工仿佛也使人重返青春。毕竟刚刚醉酒，醒来还有些醉眼婆娑，苏轼定睛一看，错把春风卷起的漫天白色杨花当作雪花。

海南又称"天涯"，至今海岸仍有"天涯海角"的标志供游人拍照。雪花的错觉，让苏轼恍惚回到中原，因为海南地处热带，是不下雪的。只这一刹那的酒后吐真言，暴露出苏轼内心深处渴望返回中原的愿望。

但他表达出来的语言却如此豪迈，似乎只要着眼于雪花与杨花的共同点，身在海南与身在朝廷，没有本质区别。如果找不到共同点，苏轼也要创造共同点，比如教海南人耕种、读书等，把海南建设成为像中原那样的文明之邦。

这是苏轼对海南的贡献，也是苏轼寻求自身安宁的法宝，如他所说，"此心安处是吾乡"，他是真把海南当故乡了。他培养了海南当时的第一个举人：姜唐佐。

在姜唐佐没中举前，苏轼在他的扇子上题诗说："沧海何曾断地脉，白袍端合破天荒。"并对他说，等他高中之后，就把这诗补全。可惜，姜唐佐高中后，苏轼已逝世，姜唐佐就找苏轼的弟弟苏辙补云："锦衣今日千人看，始信东坡眼力长。"

立春，据古人的传说，是列子所驾御的离合风吹绿大地。苏轼以他独特的人格魅力、博大的精神格局和踏实的身体力行，吹绿海南大地，成为海南人至今的骄傲，何尝不是海南人的春风呢？

也许不是每一个人都能成为东坡，但他推广文化的努力，是值得每个人学习的。

二十四节气背后承载的文化，在日益工业化的今天，不也一样需要我们去挖掘、辨析、保护和弘扬吗？

减字木兰花·立春

春牛春杖，无限春风来海上。便与春工，染得桃红似肉红。

春幡春胜，一阵春风吹酒醒。不似天涯，卷起杨花似雪花。

宋·苏轼

雨
水

雨水：雨润物·细无声

《月令七十二候集解》说："正月中，天一生水。春始属木，然生木者必水也，故立春后继之雨水。"一场场及时的春雨正适合催发农田作物，为其生长提供水源。

春天的第二个节气雨水，更多代表着农人的期盼。

此时万物生长，需要雨水。但并非每年都有充足的春雨，民谚所云"春雨贵如油"，就指出雨水之难得。正因难得，杜甫见到春雨才喜不自禁，写下"好雨知时节，当春乃发生"。当读到"随风潜入夜，润物细无声"时，我们恍然大悟：这也是小雨。等春水涨溢，已到三月。

《月令》说："仲春之月，始雨水，桃始华。"此时桃花盛开，雨水充足，冰川融化，各地水道波澜盛长，俗称"桃花水"，或"桃汛"。

作为节气的雨水在正月，离三月还很远。很多诗人祈愿"雨顺"，如黄大受《春日田家》："且愿雨水匀，秋熟还相亲。"希望雨水均匀，不要旱涝，这样才有望秋天丰收。

人们期盼雨水，哪怕雨水到来时影响上元观灯，也不气恼。刘辰翁《减字木兰花·乙亥上元》是词中少有的可以确定有

"雨水"节气意识的词作：

> 无灯可看，雨水从教正月半。探茧推盘，探得千
> 秋字字看。　　铜驼故老，说着宣和似天宝。五百年前，
> 曾向杭州看上元。

乙亥上元即公元 1275 年上元节，此时距离南宋灭亡仅剩四年。距离公元 1127 年灭亡的北宋，则已近一个半世纪。

"上元"即元宵节，此时难得不宵禁，人们观灯、游玩，是一年中极热闹之夜。

灯光是"火树银花合，星桥铁锁开"。游玩的男男女女，也借此幽会，是"月上柳梢头，人约黄昏后"。

辛弃疾写过一首脍炙人口的元宵词《青玉案·元夕》，约略可以补足"杭州看上元"的景象。

> 东风夜放花千树。更吹落、星如雨。宝马雕车香
> 满路，凤箫声动，玉壶光转，一夜鱼龙舞。　　蛾儿
> 雪柳黄金缕。笑语盈盈暗香去。众里寻他千百度，蓦
> 然回首，那人却在，灯火阑珊处。

"花千树"指固定在树上的灯彩，"星如雨"指燃放的烟火。本来这都是元宵夜常见的景象，被之无甚高论。妙就妙在辛弃疾"词心"独运，他把这一切想象成"东风"所为。是东风夜间吹开火树银花，又是东风吹落燃放的烟火，雨点般落下。把东

风的有情与无情，尽情展示出来。

在这样的夜景中，装饰珍宝的座驾和雕刻精美的车辆挤满道路，香飘四溢，箫声四起。"玉壶"指月亮，明月悄悄流转，人们无所察觉，他们都在看鱼龙舞——各种杂耍。

下阕始写游人。《武林旧事》说："元夕节物，妇人皆戴珠翠、闹蛾、玉梅、雪柳。"则"蛾儿""雪柳"都是妇人头饰。"黄金缕"盖指被灯火照亮的衣衫，同时也在暗用"劝君莫惜金缕衣，劝君惜取少年时"的典故。

这些装扮精致的美女，在灯火通明处笑语盈盈，招摇过市。直到她们携带暗香离开，辛弃疾也没多看一眼，真是"莫惜"。

辛弃疾在寻找另一个女子，这个女子（即词中的"他"）让他找得好苦。人群中寻找千百遍，皆无果。

就在辛弃疾要放弃的时候，蓦然回首，却看见灯火冷清的地方，正站着伊人。

"阑珊"即冷清，伊人站在冷清处，见出她独立的品性，有杜甫"天寒翠袖薄，日暮倚修竹"的佳人之风。

杜甫自身也不愿同流合污，故常"独立苍茫自咏诗"。这是优秀的中国古典诗人常有的高贵品格。

辛弃疾"众里寻他千百度"，由"一夜"来看，不是虚言。耗时如此漫长，伊人没有离开，且一直站在他身后，等他"蓦然回首"，伊人对辛弃疾似乎也有期待。这大概就是他说的"我见青山多妩媚，料青山、见我应如是"吧。

王国维后来把此句引申为做事的三重境界中的最高境界：

　　古今之成大事业、大学问者，必经过三种之境界："昨夜西风凋碧树。独上高楼，望尽天涯路。"此第一境也。"衣带渐宽终不悔，为伊消得人憔悴。"此第二境也。"众里寻他千百度，蓦然回首，那人却在，灯火阑珊处。"此第三境也。此等语皆非大词人不能道。然遽以此意解释诸词，恐为晏欧诸公所不许也。

　　王国维是清华四导师之一，本身学问大，他指出做学问的三重境界，亲切可信。从所引诸词来看，王国维是把求学当作求女来对待，这是学的屈原。屈原《离骚》中有求女情节，蕴意丰富。

　　尽管王氏谦称"以此意解释诸词，恐为晏欧诸公所不许"，实则一脉相承。

　　清代浙西词派的代表词人朱彝尊，就在《红盐词序》中说：

　　善词者假闺房儿女之言，通之于《离骚》变雅之义，此尤不得志于时者所宜寄情焉耳。

　　朱彝尊指出，很多词人学习《离骚》香草美人笔法，借助儿女闺房之事，寄托深意。

　　晏欧诸公且不论，王氏以辛弃疾词句为最高境界，暗喻"道不远人""平常心是道"等诸多哲思，这与辛弃疾求女背后的深意若合符契。就辛弃疾而言，抗金事业固然失败，但能否以其失败，否定他一生孜孜以求的意义？单从他在这一世追寻中留下的佳作来看，就显然不能。

辛弃疾的身世，看似比刘辰翁好，实际差不多。一个遭遇北宋灭亡，一个生逢南宋末年。

刘辰翁也见过辛词中的元宵节，随着辛弃疾事业失败，到刘辰翁时，南宋更风雨飘摇。

遭逢多事之秋，正常的时间观念被打乱，以至于刘辰翁回想在临安过元宵节的日子，恍如五百年前。刘辰翁不惊讶，他当年听故老谈北宋宣和年间事情，也就恍如在听唐代天宝年间历史。这是化用"白头宫女在，闲坐说玄宗"之意。因为听过兴亡，所以身经兴亡的时候，能稍稍淡定。可悲的是，如今回忆自己在杭州过元宵节的日子，竟也远过上辈子！

回头看上阕"无灯可看"，原来并非全是雨水之错。南宋盛况已不再，就算没有雨水，也无灯可看了。何况，在缺雨的日子，能在"雨水"节气下雨，总算一件开心事。"从教"的意思是听任，"雨水从教正月半"，可见刘辰翁不怪罪雨水。探茧推盘是当时的习俗，有点类似我们在饺子里包硬币。茧是指两头尖尖的长包子，就像蚕茧。长包子里包着小木条，上面写些吉利话，谁吃到谁就一年好运。小木条的做法比硬币好，不容易误食。刘辰翁幸运地吃到小木条，上面写着"千秋"之类话，刘辰翁一个字一个字仔细地看。千秋可作多重理解，既可指高寿，也可指子孙永葆，也可指国运绵长，总之，是好话。

可是在距离南宋灭亡还不到四年的时候，千秋这类好话，看着多像讽刺。

原来刘辰翁一个字一个字地看，是抱着另一种期待。

青玉案 · 元夕

东风夜放花千树，更吹落、星如雨。宝马雕车香满路，凤箫声动，玉壶光转，一夜鱼龙舞。

蛾儿雪柳黄金缕，笑语盈盈暗香去。众里寻他千百度，蓦然回首，那人却在，灯火阑珊处。

宋 · 辛弃疾

惊蛰

惊蛰：春雷鼓·地力苏

《通纬·孝经援神契》："雨水后十五日……为惊蛰……惊蛰者，蛰虫震惊而起出也。"这时天气转暖，渐有春雷，冬眠动物出土活动。

经过漫长冬眠的蛰虫，半死不活，已无太多气力。它们需要一声春雷惊醒，如庾信"早雷惊蛰户"、贾岛"春雷惊蛰余"所写那样。

左思《魏都赋》说："春霆发响，而惊蛰飞竞。""霆"是霹雳，比普通的雷声还响，效果也更好，蛰虫们不但惊醒，还能竞飞。

问题在于，雷声并非春天才有，万一冬天打雷，蛰虫惊醒后怎么办？

冬天打雷不常见，所以汉代人发誓，会说"冬雷震震夏雨雪"。不常见不代表没有，宋代理学家杨时曾在冬至那天听到雷声，吃惊而担忧地写道："百虫误惊蛰，生理亦已亏。"

冬眠的蛰虫被雷唤醒，但那不是春雷，醒来面对的还是寒冷的冬天，等待它们的恐怕也不会是好结果。即便是春雷，也不一定意味着温暖。

南宋大臣、朱熹的弟子曹彦约曾在惊蛰后遇到雪天，他深感诧异，写诗说"都忘春老大，复作冷工夫"，冷得让人不停"呵手"。所幸，在曹彦约看来，蛰虫比人聪明。它们可不会听风就是雨，听雷就要醒，如果惊蛰过后还很冷，那就继续冬眠，他在《惊蛰后雪作未已阴之湖庄》中就说："启蛰候虫犹自闭。"

惊蛰来时，常伴风雨。这原不是什么大事，但在诗人看来，问题就大了。

陈棣《春日杂兴五首（其一）》说："雨催惊蛰候，风作勒花开。"所谓"勒花"，就是抑制花开。而陈允平《山房》却说："一阵催花雨，数声惊蛰雷。"所谓"催花"，就是促进花开。伴随惊蛰而来的风在抑制花开，伴随惊蛰而来的雨又在促进花开。

如果有风有雨，花到底开不开？

这个问题还没解决，与王应麟齐名的南宋诗人舒岳祥又提出一个新问题：惊蛰之后的雨促使花落，他说："一鼓轻雷惊蛰后，细筛微雨落梅天。"

那么，这惊蛰之雨，到底是护花使者，还是摧花辣手？或许还是苏东坡的弟弟苏辙说得最客观：

> 新春甫惊蛰，草木犹未知。高人静无事，颇怪春来迟。

无论花开花落，都是自然现象。

苏辙虽说"犹未知"，营造出再过一段时间，天暖之后，草木似乎就能知的诗情。实际上，草木岂能知晓？哪有勒花、催花之说，不过是诗人们把自己对春天的感受，强加到草木身上而已。怪与不怪，又何足怪？诗人们不仅为草木代言，有时还为惊蛰代言，管得很宽。

比如黄庭坚夸赞草书，就说："新春一声雷未闻，何得龙蛇已惊蛰。"

打开草书，满目铁画银钩，龙蛇起舞，像活过来一样。可是明明还没打雷，它们如何活过来？这当然是黄庭坚借来夸赞草书栩栩如生的小伎俩。

总之，诗人在为惊蛰代言的时候，常用它象征活力。这是符合实际的，惊蛰不仅蛰虫苏醒，地力也复苏，韦应物《观田家》就说：

> 微雨众卉新，一雷惊蛰始。田家几日闲，耕种从此起。丁壮俱在野，场圃亦就理。归来景常晏，饮犊西涧水。饥劬不自苦，膏泽且为喜。仓廪无宿储，徭役犹未已。方惭不耕者，禄食出闾里。

微微细雨中，万物更新，雷声预示着惊蛰开始。农夫从此告别闲暇，辛苦耕种起来。他们在田野里劳作，又整修收打农作物的地方。忙到夕阳落下才回，让耕牛在西涧饮水。这样的辛苦劳作，农夫并不觉得苦，因为地里日渐润泽，辛苦耕种才有收获。末四句，韦应物为自己不劳而获感到惭愧，同时也对农夫沉重的徭役深表同情。细雨润泽大地，对农夫来说是好事，对困于春情的男女来说，更添春愁。

刚好范成大和萧汉杰都写有惊蛰词，范成大从女性落笔，萧汉杰从男性落笔，正可对读。

先看范成大的《秦楼月·浮云集》：

浮云集，轻雷隐隐初惊蛰。初惊蛰，鹁鸠鸣怒，绿杨风急。　　玉炉烟重香罗浥，拂墙浓杏燕支湿。燕支湿，花梢缺处，画楼人立。

范成大诗中的惊蛰是晴朗的，如"幽蛰夜惊雷奋地，小窗朝爽日筛帘"。一旦涉及词，似乎便与阴雨隔不开。上阕首三字点出阴云密集，隐隐雷声传来，这是刚刚惊蛰。再写鹁鸠大叫，吹拂绿杨的风声很急。

鹁鸠是什么鸟？陆玑《毛诗草木鸟兽虫鱼疏》说：

勃鸠，灰色，无绣项，阴则屏逐其匹，晴则呼之。语曰："天将雨，鸠逐妇。"

鹁鸠这种禽鸟，天阴雨就怒叫，逐去它的配偶，天晴时才呼唤配偶回来。

种种迹象表明，范成大词中所写是阴雨天气。

下阕更印证这点，从"香罗浥""燕支湿"都可直接看出。范成大此词妙就妙在没有直接写雨，却处处是雨。同样的，词中没有直接写思妇的愁绪，却字字弥漫。"玉炉"大约是熏炉，因为绫罗衣服湿润不干，所以在熏烤，水汽蒸腾，看起来"烟重"。这是屋内。由于熏衣需人看护，虽没写人，读者也能感受到人在其中，隔得不远。

屋外墙边，一枝红杏开得热烈，雨水浸润，更显浓郁。"燕支"就是胭脂，燕支湿原指美人哭过，这里虽用来形容雨中红杏娇态，但从末句也能感到美人似有清泪。因此两写燕支湿。

末句写透过杏花枝头稀疏处，看见画楼上有一个人影倚立着。全词到此收束，并没有继续写下去。

作为读者，我们却不能不浮想联翩：这个人是男是女？站在那里做什么？可是词句已经完结，带着这些问题，我们本能地回头重读一遍，答案已有暗示。

这个站立的人是女子，因为她站在画楼之上，而且是在杏花缺口处才能望见，说明她的容颜跟杏花一样好看，透过杏花望过去，很难分辨，只有通过缺口看去，才能发现。

她之所以能站在花梢缺处，是因为有些杏花已在凋零。怪不得说"绿杨风急"，可不就是这急风吹落了杏花？面对着因杏花凋零而显出的缺口，她又怎能不想起自己的韶华易逝？一个"立"字告诉我们，她已看呆，陷入深深的自怜，可能连熏炉上的衣服，也都忘记。那隐隐的轻雷，鹁鸠的怒鸣，穿过绿杨的风声，都消失在耳边，只有心头无限的惆怅，像一只手，紧紧抓着她的心，缓不过气。

与范成大所写愁思入骨的女子不同，南宋遗民词人萧汉杰，则从男子角度入手。

他的作品存世不多，其中《菩萨蛮·春雨》写得分外好：

春愁一段来无影，著人似醉昏难醒。烟雨湿阑干，杏花惊蛰寒。唾壶敲欲破，绝叫凭谁和。今夜欠添衣，那人知不知。

该词结构独特，可以从上下阕来读，也可以每阕前两句连着看，后两句连着看。

先看第一句。没有任何理由，劈头就说春愁一段来无影，确实够"无影"的。虽然没说任何理由，却有很大杀伤力。人一旦染上春愁，就昏醉难醒。这种"似醉昏难醒"的状态，不跟冬眠的蛰虫很像吗？

可惜，没有春雷来唤醒，只有烟雨打湿栏杆，旁边娇嫩的杏花忍受着惊蛰之日的寒冷。总不能一直消沉，词中主人公高声放歌，打算像春雷惊醒蛰虫那样，用歌声惊醒自己。"唾壶"就是痰盂，这里引用了一个典故。

据说，东晋大将军王敦，每次喝酒后，就要高唱曹操写的《短歌行》，尤其喜爱"老骥伏枥，志在千里，烈士暮年，壮心不已"四句。王敦一边唱，还一边用铁如意敲打痰盂，有点像打架子鼓，来为自己打节拍。久而久之，他的痰盂没有完整的，都敲出了缺口。

词中主人公似乎比王敦理智，只是"敲欲破"，终归还没敲出缺口。"绝叫"可以理解为绝唱。说了是绝唱，没人能够应和，也是情理中的事。妙在末句，今夜没有添衣，那个人知不知道呢？

这就很奇怪了，你问那个人知不知，可见你自己是知道的，不然你怎么还问那个人知不知道呢？你自己既然知道，又为什么不添衣呢？说不过去。

得这样理解：我今夜因为种种原因没衣可添，但那个人应该知道添衣吧。那个人无疑是心中所念之人。词中主人公由自己没添衣感到寒冷，想到心上人添没添衣，冷不冷，确实"深婉感人"。

由于词中用王敦之典，又说"绝叫"，可见词中主人公是男性。一个男性能够如此细腻地希望心上人天寒时不要忘记添衣，诚非易事。

现在我们换每阕前后两句连读来理解词意，就更连贯了。先说春愁无影，让人昏醉，为了抵御这种状态，干脆敲着痰盂高歌。再说外面阴雨绵绵，虽已惊蛰，犹有冬寒，自己无衣可添，那心上人知不知道添衣呢？

我们当然可以这样解读，但也要知道萧汉杰为什么不这样写。

这太直白了！作为一个大男人，怎生好意思如此坦诚地表露自己的儿女情长？

回头再看全词，来无影的春愁就明了了。

原来，无法与心上人共御惊蛰之寒，就是最大的遗憾。

菩萨蛮·春雨

春愁一段来无影，著人似醉昏难醒。烟雨湿阑干，杏花惊蛰寒。唾壶敲欲破，绝叫凭谁和。今夜欠添衣，那人知不知。

宋·萧汉杰

春分

春分：昼夜均·莺燕群

《春秋繁露·阴阳出入上下》："至于中春之月，阳在正东，阴在正西，谓之春分。春分者，阴阳相半也，故昼夜均而寒暑平。"这一天昼夜时间相等。又叫春半。

要说春天中最热闹的节气，非春分莫属。

春分前后，刚好赶上春社。春社是立春后第五个戊日，社就是土地神，人们在这一天祭祀它，祈求丰收。土地神得到享受，人们也放假一天，尽情欢乐。

白居易有一首《郡中春宴，因赠诸客》，讲的就是春社这日的欢宴。诗中说："是时岁二月，玉历布春分。颁条示皇泽，命宴及良辰。"时间刚好赶在农历二月的春分，发布律条显示皇帝恩泽后，趁着良辰赶紧摆宴。

宴会上自然少不得喝酒寻欢，欧阳修就说：

摄事初欣迎社燕，寻芳因得过溪桥。清浮酒蚁醅初拨，暖入莺簧舌渐调。

嘉祐四年（1059 年）春分日，欧阳修的好友吴奎出城办事。

从"迎社燕"来看，或许就是祭祀土地神。欧阳修想象着吴奎高高兴兴地办完正事，开始寻花，不觉跨过溪桥。"蚁酒"是指浊酒，"醅"指没滤过的酒，喝这些酒御寒。四周都是黄莺，婉转地鸣叫。

写到这里，欧阳修想必已神往，遗憾没有同行了。

如果说惊蛰是蛰虫苏醒的日子，那么春分一到，就该众鸟欢鸣了。其中最有代表性的，是燕子和黄莺。当过大唐宰相的权德舆曾写道："社日双飞燕，春分百啭莺。"诗题叫作《二月二十七日，社兼春分，端居有怀，简所思者》。

这天既是春社，又是春分，权德舆照常起居，本无所事。但他看见飞来飞去的双燕，听到百啭不停的莺声，如此热闹，倒让他觉得有些孤单，就写下这首诗寄给他所思念的人。

有"孤篇横绝"之称的《春江花月夜》，也写到此类情感。诗中说："昨夜闲潭梦落花，可怜春半不还家。"春半就是春分。

跟南唐后主李煜一起归宋的徐铉，写得更细腻，其《偷声木兰花·春分遇雨》说：

> 天将小雨交春半，谁见枝头花历乱。纵目天涯，浅黛春山处处纱。焦人不过轻寒恼，问卜怕听情未了。许是今生，误把前生草踏青。

先写春分这天，小雨沥沥，枝头春花，一片杂乱。加一"谁见"，可知没人看见，为什么没人看见呢？原来是小雨阻碍词中主人公出门踏青。她只好放眼望断天涯，春山如浅黛，处处蒙上绿纱，越发引得她想要出去玩。

从下阕来看，她最终没有成行。她给自己找的理由是轻寒让人烦恼，实际上，烦恼是因为踏青不成。为什么踏青对她来说这么重要？词中回答说："问卜怕听情未了。"问卜就是问卦，这当然是迷信，可是单纯的主人公深信不疑，因此，当她既渴望知道答案，又不敢面对答案的时候，意味着她已经知道答案，那就是情未断。

踏青一般在清明节，但具体时间有差别，有时在正月初八，有时在二月二日。不变的是，踏青是"士女相与嬉游"的重要日子。词中主人公想着踏青——踏青只是幌子，约会才是目的。这样末句就有着落了：也许这辈子，踏青踏错了，踏了上辈子的草！联想到我们现在常说的校花校草，踏草的含义不难理解。

可爱的主人公，想要约会，又因下雨无法出去，内心深受煎熬。一开始迁怒轻寒，后来胡思乱想，越想越怕，以为阻碍她出门的春雨，是老天的惩罚。想要问卦又不敢，只好安慰自己：我与他生错时代，有缘无分！

春分之日出去约会，据《宋书·符瑞志》记载，远在帝喾时期就有了。

据说，帝喾的妃子简狄，在玄鸟归来的春分之日，与帝喾一起去郊外祭祀，求子。玄鸟就是燕子。玄指黑色。

简狄与妹妹在水中洗澡，有一只燕子衔着五色鸟蛋坠下。说时迟，那时快，简狄抢到了，吞了鸟蛋，后来就生下契。契是帝尧的哥哥，商朝建立者商汤的先祖。

这当然是传说而已，有学者指出，真实的情况也许是野合。

不管怎样，都说明春分的时候，无论莺莺燕燕，还是男男女女，都很"热闹"。

有热闹，就有相形之下的孤单。

欧阳修被贬夷陵县令时曾写《踏莎行·雨霁风光》：

> 雨霁风光，春分天气。千花百卉争明媚。画梁新燕一双双，玉笼鹦鹉愁孤睡。　　薜荔依墙，莓苔满地。青楼几处歌声丽。蓦然旧事上心来，无言敛皱眉山翠。

词中先写春分天气：雨停之后，风光明媚，各种鲜花盛开。梁间刚飞回来的春燕成双成对，笼子里的鹦鹉见了，为自己独眠而发愁。新燕也不懂成双成对，鹦鹉也不知啥叫独眠，这不过都是词人的障眼法。

春分天气如此生动热闹，下阕转而写词中主人公。

其所居之地，薜荔爬满墙壁，满地都是没人踩过的莓苔，暗示落寞的生活。远处青楼传来优美的歌声，让她忽然想起往事，沉默无言，皱起远山般的双眉。一个"翠"字，把愁之新写得如在目前。

词中主人公想起的是什么往事？从青楼歌声来看，大约相差不远。那是繁华场中的热闹，是词中主人公的过往，又何尝不是欧阳修记忆中的洛阳旧事？

欧阳修不满朝廷对范仲淹庆历新政的打压，挺身而出，结果被贬夷陵。他在夷陵还写过一首脍炙人口的名诗，诗中先说："春风疑不到天涯，二月山城未见花。"

山城就是夷陵县，这里由于是山城，气候寒冷，二月了还没开花。

欧阳修心中很失落，他原以为只是自己被贬远方，无法沐浴帝王的春风，没想到被贬之地的花朵们，也被春风遗忘了，新仇旧恨，齐上心头。不过他很快调整自己的心情，说："曾是洛阳花下客，野芳虽晚不须嗟。"

欧阳修曾在洛阳做过留守推官，洛阳牡丹很著名，欧阳修很喜欢牡丹，还专门研究它，写下了研究牡丹的第一本专著:《洛阳牡丹记》。见识过国色天香的牡丹，人生已无遗憾，又何必为晚开的野花而嗟叹？

后来袁枚在欧阳修诗意的基础上，写下传唱更远的一首小诗：

白日不到处，青春恰自来。苔花如米小，也学牡丹开。

无论是野芳还是苔花，都有像牡丹一样绽放的权利。

热闹之下的孤单，欧阳修写得比徐铉深，但要说最深的，还属陈著。

陈著曾跟贾似道对抗过。南宋灭亡他隐居，活到八十多岁。其《渔家傲·次前人》说：

浪麦风微花雾扫。痕沙水浅溪桥小。属玉双双飞杳杳。山宽绕。新晴绣得春分晓。　　独立无言心事渺。

曾将宇宙思量了。世变何涯人已老。休烦恼。林泉况
味终须好。

词中所写春分景象，是一派田园风光。

微风吹起麦浪，花间雾气一扫而光。溪水落下，露出沙痕，
溪上空旷，对比之下，溪桥更小。名叫属玉的水鸟成双飞翔，
越飞越远。四周的山环绕，但没有紧逼之感。这一片春分晨景，
仿佛是刚来的晴天绣出来的。

上阕写得很优美，传达出主人公心情的舒畅。下阕画风突
变，开头就说主人公独自站立，沉默不语，心事缥缈。

他曾把宇宙全都思考过一遍，就为了追寻一个答案。什么
答案呢？世变何涯——为什么时世总是无休止地变化？这里的
世变，很容易让人联想到南宋覆灭。

世事变化无穷已，可怜的是，其中个人，却已衰老。

陈著最终没找到答案，只能宽慰自己，不要烦恼，林泉之
间的况味，终究是美好的。

此词固然有乐景写哀的成分，最深刻的地方是在"黍离
之悲"。

帝国的命运，有时确非人力能为，人们唯一能掌握的就是
尽情享受难得的欢愉。

在这一点上，比陈著稍早、忤逆过秦桧的仲并写得更好：

溪边风物已春分。画堂烟雨黄昏。水沉一缕袅炉
薰。尽醉芳尊。　　舞袖飘摇回雪，歌喉宛转留云。

人间能得几回闻。丞相休嗔。

这首《画堂春·即席》，是仲并即席而作。

跟陈著一样，仲并也写到春分时节，溪边风物。"画堂"大约是宴会地点，此时周围烟雨一片，黄昏渐近。不同的是，仲并更侧重席间景物。"水沉"指沉香，一缕沉香袅袅升起在薰炉上，暗示时光缓缓流淌。席间的人们，尽情畅饮，浑然不觉。

下阕就写浑然不觉的原因，原来他们都被歌舞吸引。飘摇的舞袖像流风回雪，婉转的歌喉如响遏行云。这样美好的时刻，多么难得！

在这多苦多难的人间，又能看见几回呢！大约是玩得很高兴，席间有人道学气较重，颇为侧目。仲并就引用杜甫"炙手可热势绝伦，慎莫近前丞相嗔"的话打趣。

"丞相"一词也很容易让人联想到当时的丞相秦桧，仲并有没有在及时行乐的渲染中，表达着对秦桧的不满，我们很难确定。但不言而喻的是，这类载歌载舞的盛世气象之所以难得，跟秦桧有莫大干系。

春分的热闹中，仲并仿佛在觍颜说："请分我一杯热闹吧。"

他越是这样说，我们越能感受到心间的孤独。

因为孤独，所以慈悲，我们并不怪他。

渔家傲 · 次前人

浪麦风微花雾扫。痕沙水浅溪桥小。属玉双双飞杳杳。山宽绕。新晴绣得春分晓。

心事渺。曾将宇宙思量了。世变何涯人已老。休烦恼。林泉况味终须好。

宋 · 陈著

清明

清明：扫墓归·踏青回

郎瑛《气候集解》云："清明，三月节……物至此时，皆以洁齐而清明矣。"此时天气渐暖，野外放青。唐宋时，清明节有扫墓、踏青、赐新火等习俗。

二十四节气传到今天，很多都失去原来的活力，唯有清明节依然在我们生活中扮演着重要的角色。

这倒不是因为我们记得杜牧的诗或者熟知北宋的《清明上河图》。恰恰相反，我们之所以牢牢记得这些，是因为我们还在过清明节。今天很多清明节习俗，都跟古人一样。了解古人，其实就是在更好地了解我们自身。

古人在清明节到来之前，就表现出对清明节的重视。这种重视，甚至影响到春分作为一个节气的尊严——毕竟清明节没来之前，日子还属于春分，可是很多词人却残忍地剥夺春分的命名权，把那些日子称作"近清明"。

所谓"近清明"，是指词人还处在春分节气中，却已经盼望清明到来了。张泌是花间派的重要词人之一，他便在《江城子·碧阑干外小中庭》中有这类词句：

碧阑干外小中庭，雨初晴，晓莺声。飞絮落花，时节近清明。睡起卷帘无一事，匀面了，没心情。

据说此词是为初恋情人而作。

张泌少时与邻女浣衣相善，一别经年不见，后来梦见她，就写《寄人》诗给她。该诗两首，其中一首被选入《唐诗三百首》而广为人知：

别梦依依到谢家，小廊回合曲阑斜。多情只有春庭月，犹为离人照落花。

在诗中，作者梦见初恋，与她徘徊在小廊曲栏间。可醒来只有庭间春月，依旧多情地为诗人照着凋落之花。

在《江城子》词中，张泌想象着初恋也在思念他。清晨，碧绿栏杆外，小庭院中，雨停放晴，莺声婉转。柳絮飘飞，春花飘落，时间快到清明节了。初恋睡醒，卷起窗帘，没心情做事。

明代著名戏曲家汤显祖就问：既然无一事，又何必来打扮？既然没心情，又怎会去打扮？

汤显祖虽然这样责问张泌，在他的名作《牡丹亭》中，却学过张泌。我们熟悉的"游园惊梦"，就说："袅晴丝，吹来闲庭院。"

张泌是从浣衣女的角度设想，浣衣女本非大家闺秀，行为比较率性，想一出是一出。一会儿觉得没事做，一会儿又化个妆，一会儿又没心情。情绪不断波动中，显示出浣衣女挥之不去的思念，也体现出张泌对初恋的了解之深。

汤显祖从较为克制、理性的大家闺秀角度出发，反问张泌，也无可厚非。

江湖人称"张三影"的张先，也写过一首《青门引·春思》：

> 乍暖还轻冷。风雨晚来方定。庭轩寂寞近清明，残花中酒，又是去年病。　　楼头画角风吹醒。入夜重门静。那堪更被明月，隔墙送过秋千影。

张先是湖州人，以善用"影"字出名，这首词中的"隔墙送过秋千影"句就是他写得最好的"三影"之一。

天气是乍暖还寒，白昼风雨，晚上才停。这种天气下，困于庭轩中的人感到寂寞，困于风雨中的花朵陆续残落。本不如意，主人公为遣愁而喝酒，不想又醉酒生病，年年如此。伤痛一层深一层，"近清明"三字竟成紧箍咒。

下阕写入夜，风吹楼头画角，一个"醒"字，既点出画角声响，也说明酒醒。醒来重重门闭，宁静孤寂，没有任何动静。只有隔墙的秋千被风吹动，在月光下晃动着影子。秋千影本很平常，为何词人用"那堪"？他无法忍受的是什么？这就不得不再次回到"近清明"三字。

古时清明节，妇女有荡秋千的习俗。我们自然无法知晓词人与秋千的确切故事，但能够感受到肯定有故事。如今，荡秋千的人不知何在，唯有风吹秋千影。

卢祖皋则比张先略显豁达，他在《西江月·燕掠晴丝袅袅》中说：

　　燕掠晴丝袅袅，鱼吹水叶粼粼。禁街微雨洒香尘，
寒食清明相近。　　漫著宫罗试暖，闲呼社酒酬春。
晚风帘幕悄无人，二十四番花讯。

　　晴空中游丝袅袅，飞燕不时掠过。游鱼吹叨水面枝叶，搅起粼粼波光。"禁街"指京城街道，因为洒落一场微雨，路上的尘土已消歇。

　　刚写晴丝，又写微雨，可见天气多变。而这多变的天气，正预示着寒食节、清明节要到了。主人公随意穿着宫中罗衣取暖，悠闲地招呼大家喝酒过春社，以此酬答春天。晚风吹起帘幕，四下无人，此时或许已散会，主人公也已醉卧。只有二十四番花信风还在不停地吹。

　　所谓花讯，即花信。花信风指应花期而来的风。据焦竑说，从小寒到谷雨，一共一百二十日，每五日为一候，共二十四候，每候对应一种花信。词中说"二十四番花讯"，也就意味着吹到春尽为止。

　　春天并没有因为主人公醉得不省人事而停留。所以卢祖皋的豁达，含有逃避的况味。

　　真正从心底里认为"近清明"不错的，是苏轼，他的《南歌子·晚春》说：

　　日薄花房绽，风和麦浪轻。夜来微雨洗郊坰。正
是一年春好、近清明。　　已改煎茶火，犹调入粥饧。

使君高会有余清。此乐无声无味、最难名。

日光淡薄，所以花冠尽情绽放，而不必担心被阳光灼伤。微风和畅，麦田翻起轻轻的麦浪，而不必担心麦穗折断。昨夜下的那场微雨，已把郊野洗得干干净净。由此可见，苏轼与知州当时在野炊。

苏轼忍不住感叹说：接近清明节的日子，真是一年中春光最好的时候！"改火"指不同季节取不同的树木为柴火，春季所用木柴当为榆柳。"饧"指用粗食熬成的糖，煮粥时放入粥中。

从下阕开头两句来看，野炊的食物并不丰盛，不过是煎茶喝粥而已。苏轼却称之为"高会"——盛会，这是为什么呢？原因就在于，与知州的野炊，有遗留不尽的清兴。这种欢乐无声无味，最难形容。大概类似于苏轼后来写的"人间有味是清欢"吧。

还有一些词人，想得比较远，清明还没到，就开始思考能否回家祭扫。估计能在清明赶到家的，就比较高兴，如葛立方《好事近·和子直惜春》：

> 归日指清明，肯把话言轻食。已是飞花时候，赖东风无力。　　青帘沽酒送春归，莫惜万金掷。屈指明年春事，有红梅消息。

要在清明那天回来，这说好的约定可不能食言。已到花瓣纷飞的时候，幸赖春风无力，才没有落尽。青帘指酒帘。趁着百花还没落尽，残留的春天还在，我们赶紧去酒家买酒，边喝酒边送春天归去，不要痛惜酒钱。屈指算来，明年春天，仍旧有红梅盛开。

估计清明无法回家的，就比较低落，如曹组《忆少年·年时酒伴》：

> 年时酒伴，年时去处，年时春色。清明又近也，却天涯为客。　念过眼、光阴难再得。想前欢、尽成陈迹。登临恨无语，把阑干暗拍。

词人开头便回忆当年的酒伴，当年所去之地，当年那片春色。眼看清明又要到了，词人却流落天涯，不能回去。想起经过眼前的时光，难以重温；以前留下的欢乐，都成旧迹。词人登高远望，看不见家，吞恨无语，偷偷地把栏杆拍打。"暗拍"尤显示出词人之心酸与无奈。

杜牧脍炙人口的《清明》诗，写的也是这份无助：

> 清明时节雨纷纷，路上行人欲断魂。借问酒家何处有？牧童遥指杏花村。

清明这天雨水纷纷，路上的行客将要断魂。只不过下一场雨，至于这么严重吗？关键不在雨，而在"路上行人"——这可不是一个没在清明节赶回家的游子吗？断魂之痛，唯有喝醉才能暂忘。

可是哪里才有酒家呢？牧童指着远远的杏花村。只怕游子还没赶到杏花村借酒浇愁，就已肝肠寸断了。一个"遥"字，焉能让人不为之销魂？

同样是豁达的苏轼，等清明来到而自己羁旅难归时，也难掩伤感，其《南歌子·和前韵》说：

> 日出西山雨，无晴又有晴。乱山深处过清明，不见彩绳花板、细腰轻。　尽日行桑野，无人与目成。且将新句琢琼英，我是世间闲客、此闲行。

此词编年有争议，但作于清明则无疑。开头先写一个特殊的天气现象：太阳雨。一边日出，一边下雨，"无晴又有晴"，用刘禹锡的《竹枝词》"道是无晴却有晴"，为苏轼此刻的心情打下基调：心中有雨，也有光。

接着交代地点是在乱山深处度过清明节。"彩绳花板"指秋千，既然在乱山深处，当然看不到细腰美女荡秋千了。

"桑野"常是幽会之地，从《诗经》的"桑间濮上"，到汉乐府的《陌上桑》，无不带有男女之戏。苏轼整日走在桑野中，却没有遇到采桑女眉目传情。

这当然不是艳羡，而是自我揶揄。总之，苏轼这个清明节，过得很不像清明节。但他善于"无中生有"，用秋千、男女相会等习俗自我排遣。有人可能会提醒苏轼：这种对比，不会更显得寂寥吗？那是还没读出苏轼的用意。比起秋千、男女相会带来的寂寞，清明无法回家祭扫，才是最伤人的地方。如果一定要受伤，那就选轻一点的吧。

而秋千等习俗虽也伤人，却很好地遮盖了真正的痛楚。所以末句苏轼不敢进一步"无中生有"，回到现实中来：不如好好雕琢这首词作，记下闲客似的我，和我这一回的闲行。

"闲行"典出杜牧"景物登临闲始见，愿为闲客此闲行"。公元851年，杜牧把官事移交给新湖州刺史，独自住在驿馆，准备返回长安。此时身闲，眼中所见景物也跟困于官事的时候不一样了。尝到甜头的杜牧就说，我想做一个真正的闲客，天天这样闲逛。苏轼不一样，他不是说"愿"，而是肯定地认为自己就"是"。

如果说杜牧还是想要通过做闲客来摆脱官事的话，那苏轼就是闲客，他要摆脱的，就不是官事之类的身外束缚，而是心内羁绊。

清明这天最大的内心羁绊，不就是能否回家祭扫吗？

如今交通这么发达，每到清明节，笔者也很少有机会回家给逝去的亲人扫墓，想到这一点，心内未尝不翻江倒海，何况古时交通不发达呢？

苏轼另一首诗可能表达得更清楚："君门深九重，坟墓在万里。"他被贬谪在黄州，坟墓相隔万里之遥，怎么回得去？怀着悲痛至极的心情，他写下这首《寒食帖》，成为"天下第三行书"。

或许，一定要到墓前才叫扫墓，可能有些拘泥。

像苏轼这样用诗词表达祭奠之意的"心祭"，不能说一定比"形祭"好，但如果逝者真的有知，大约也不忍责怪吧。

清明节这种祭扫的氛围，也很容易由祭先祖波及祭古人。

黄庭坚曾在巫山县追怀杜甫，写下《减字木兰花·巫山古县》：

> 巫山古县，老杜淹留情始见。拨闷题诗，千古神交世不知。　云阳台下，更值清明风雨夜。知道愁辛，果是当时作赋人。

绍圣二年（1095 年），黄庭坚被贬，途经巫山县时，正值清明节。

杜甫流落蜀中，一开始还在成都草堂，生活尚可，后来避乱到夔州，淹留之情形诸诗篇。据学者统计，杜甫曾写下 60 多首与巫山有关的诗歌。这些诗歌多为排遣愁闷，其中跟黄庭坚词关系最密切的是一首名篇，《咏怀古迹五首》其二：

> 摇落深知宋玉悲，风流儒雅亦吾师。怅望千秋一洒泪，萧条异代不同时。江山故宅空文藻，云雨荒台岂梦思。最是楚宫俱泯灭，舟人指点到今疑。

宋玉在文学史上有很高的地位，尤其是他开创的悲秋文学。

杜甫在树叶摇落的秋季，越发体会到宋玉"悲哉秋之为气也"的心情。他视宋玉为老师，虽然二人处在不同时代，悲秋之情却一致。所以黄庭坚就说"千古神交世不知"。

在杜诗的后半段，他借用楚宫之泯灭，来对比宋玉之文章，指出宋玉文章传得更远。

黄庭坚此时想起宋玉和杜甫，虽不是秋季，在清明风雨夜，心绪却一脉相承。他如今被贬，自然知道悲愁酸辛，因此超越季节，把宋玉和杜甫认作精神知己。作赋人不能简单理解为宋玉，也指杜甫，也指黄庭坚自己。加一"果是当时"，可知黄庭坚已把自己融入宋玉、杜甫的文学传统之中。也进一步印证杜甫的观点：唯有文章可以超越时间。

端平元年（1234年）的清明时节，吴潜在南京乌衣园游玩、怀古，写下《满江红·金陵乌衣园》：

> 柳带榆钱，又还过、清明寒食。天一笑、满园罗绮，满城箫笛。花树得晴红欲染，远山过雨青如滴。问江南、池馆有谁来？江南客。　　乌衣巷，今犹昔。乌衣事，今难觅。但年年燕子，晚烟斜日。抖擞一春尘土债，悲凉万古英雄迹。且芳尊、随分趁芳时，休虚掷。

已过清明寒食，柳叶如条带，榆叶如铜钱。"天一笑"指天晴，满园都是身穿罗绮的游人，整个金陵城都是箫笛不断。晴光照在花树上，红花欲染；雨过之后，远山青翠如滴。借问谁来游玩乌衣园？是我江南客子。

吴潜是浙江人，所以自称江南客。实际上，他当时在南京做官。进园之后，乌衣巷仍如旧；旧时住在乌衣巷里的王谢大家族，已难寻觅。唯有年年燕子，依然在落日晚烟中归来。"尘土债"指案牍劳形，吴潜本想来此游玩，舒畅心情。不想见此光景，反因万古英雄遗迹，更感悲凉。吴潜的悲凉，究竟是因为什么呢？

此时已到南宋末期，吴潜表面上在为王谢大家族悲哀，真实原因却是在悲叹，南宋朝廷已无王谢这样的英雄，可以保住半壁江山了。尽管末句表露出及时行乐之意，但纵观吴潜一生，是想把自己锻炼成王谢那样的英雄的。他后来位高权重，开庆元年（1259 年）元军南侵鄂州，更被任命为左丞相。可惜后来他被贾似道排挤，终被毒杀。

清明时节也有一些短暂的欢乐，这主要体现在踏青上。

偶尔清明节与上巳日重叠，那就更热闹了。从我们熟知的《清明上河图》中就可以略知一二。

北宋词人这时喜欢看牡丹。苏轼、毛滂皆如此。

苏轼刚来密州做太守，因为干旱蝗灾，为百姓斋戒不出，春天牡丹盛开的时候，也没机会欣赏。所以在《雨中花慢》中遗憾地说："清明过了，残红无处，对此泪洒尊前。"等到旱情终于缓解，春天已经过去。

谁承想，当年九月，忽有一朵千叶牡丹盛开。苏轼既高兴，又担忧，动情地写道："秋向晚，一枝何事，向我依然。高会聊追短景，清商不暇余妍。不如留取，十分春态，付与明年。"

高兴者，仿佛是在弥补遗憾；担忧者，是秋天已到，牡丹岂能长久。因此，苏轼劝牡丹："不要再开了，留到明年春天吧。"

毛滂远比苏轼幸运。他曾在东堂下栽牡丹，清明节后盛开，他写《蝶恋花·三迭阑干铺碧甃》说：

三迭阑干铺碧甃。小雨新晴，才过清明后。初见花王披衮绣。娇云瑞日明春昼。　　彩女朝真天质秀。
宝髻微偏，风卷霞衣皱。莫道东君情最厚。韶光半在
东堂手。

"甃"指井壁，东堂有三叠栏杆，碧绿的井壁。牡丹花大概
就种在栏杆、井壁下，这样东堂就能为它遮风挡雨。这样小心
谨慎地为牡丹考虑，让我们很容易想起《小王子》中被呵护的
玫瑰。

小王子因为玫瑰花害怕穿堂风，而在夜晚把它放进玻璃罩。
毛滂的用心呵护得到回报，清明过后不久，小雨放晴，牡丹初放。
牡丹被称作花王，盛开时不同凡响。"衮绣"指衮衣绣裳，与花
王身份匹配。随着牡丹盛开，祥日彩云，使春昼更加耀眼。

在多情的毛滂看来，牡丹就像仙女在修炼，透出天生丽质。
风吹之下，她的花朵如高髻偏向一侧，被云霞照耀的枝叶翻动
如霞衣起皱。牡丹这样美，毛滂很得意，他不认为这全是春神
的功劳。这些因牡丹而增色的春光中，起码有一半出自我手。
毛滂还是很冷静的，没有把功劳全部据为己有。

他这样痴迷也情有可原，因为他是真爱牡丹，在《浣溪
沙·魏紫姚黄欲占春》中就说：

魏紫姚黄欲占春，不教桃杏见清明。残红吹尽恰
才晴。　　芳草池塘新涨绿，官桥杨柳半拖青。秋千
院落管弦声。

据毛滂的词序，此词作于寒食，当时桃花杏花都已凋落，只有牡丹欲开。"魏紫""姚黄"都是牡丹的品种。在毛滂看来，桃杏之所以在清明前凋零，就是为配合牡丹独占春意。毛滂甚至认为，老天也是这样想，所以等到桃杏落尽才放晴。

"残红"无疑就是指桃花和杏花了。这固然对桃花、杏花不公平，但毛滂爱牡丹之情则显露无遗。

下阕不写花朵了，因为在毛滂这个爱牡丹狂人眼前，除了牡丹，一切花朵都很危险。那就写写池塘新绿，官桥新柳，来陪衬牡丹。也正是因为牡丹能撑起春意，人们才不至于为残红感到失落。所以院落里传来秋千声、管弦声，人们很欢乐。

毛滂爱牡丹的真正原因，或许就在这里。与牡丹相同，海棠花也在努力坚守，支撑春意。

郭应祥的《卜算子·春事到清明》便讴歌海棠：

> 春事到清明，过了三之二。秾李夭桃委路尘，太半成泥滓。　　只有海棠花，恰似杨妃醉。折向铜壶把烛看，且莫教渠睡。

到了清明节，春事已经过了三分之二。这三分之二中的二，是繁盛的李花和茂美的桃花，它们凋零在路上，化为尘土。剩下的三分之一是指海棠，它还在坚持开放。明艳动人，像醉酒而脸红的杨贵妃。词人忍不住折下一枝，插在铜壶中。他或许想起苏东坡"故烧高烛照红妆"的雅事，也举着蜡烛看个不停，不愿它沉沉睡去。因为海棠花一旦睡去，整个春天也就结束了。

所不同的是，苏东坡是"只恐夜深花睡去，故烧高烛照红妆"。郭应祥却把海棠花折下来，这是几个意思？践行"有花堪折直须折，莫待无花空折枝"吗？

郭应祥的惜春方式，笔者不敢苟同。

花期并不完全按时，有时候清明时节，桃杏恰恰盛开，再加上牡丹等各类花朵，一片胜景，人们踏青、斗草，也有很多乐趣。

柳永在这方面可谓出类拔萃，他在《木兰花慢·拆桐花烂漫》中写道：

> 拆桐花烂漫，乍疏雨、洗清明。正艳杏烧林，缃桃绣野，芳景如屏。倾城。尽寻胜去，骤雕鞍绀幰出郊坰。风暖繁弦脆管，万家竞奏新声。　盈盈。斗草踏青。人艳冶、递逢迎。向路傍往往，遗簪堕珥，珠翠纵横。欢情。对佳丽地，信金罍罄竭玉山倾。拼却明朝永日，画堂一枕春醒。

我们熟悉柳永，主要是他的"忍把浮名，换了浅斟低唱"。清代词论家周济则认为，柳永这首清明词比"忍把浮名"词还好。有学者断言，柳永此词之妙，可与《清明上河图》媲美。

说了这么多好话，是为了引起读者重视，来认真读读这首词。要读懂这首词有点难度，字词不必说，就是篇幅也比较长——但这恰好是柳永慢词的特点，我们不妨静下心一起来探探究竟。所谓"拆桐花"，就是桐花拆，桐花盛开了，一片烂漫。但桐花又是什么呢？可能很多人不知道。

笔者家乡有一种树，叫泡桐树，它开的花就叫桐花。桐花是清明节的"节日"之花。

清明有个特点，就是雨多。桐花也有一个特点，就是不怕雨。哪怕在雨中，也一样可以开得纯白烂漫。疏雨过后，桐花不再是一个人战斗了，红杏也开得火红，像把树林烧着一般，浅黄色的桃花则仿佛把整个原野都绣得异常精致。

白桐花，红杏花，黄桃花，种种色彩交织，芳景美如屏画。人们面对这番美景，心中躁动，无法待在家里。词中说是倾城出动，人们全都出门寻览名胜，会不会有点夸张？

据《东京梦华录》记载，清明节出城游玩，是"士庶填塞诸门"，官员、百姓把各个城门都堵得水泄不通，看来柳永并没夸张。

"雕鞍"指装扮精美的马匹，"绀幰"指青色车幔的车驾。加一"骤"字，表示这些马匹、车驾迫不及待地快速奔往郊外。春风正暖，吹来繁弦脆管声，到处在竞相演奏时新的曲子。

"万家"这个词，也难免有人觉得浮夸，我们再翻翻《东京梦华录》，说清明节这天，郊野就像市集一般，人们在花树之下，或者园亭之中，罗列杯盘，互相劝酒。园亭之间，布满城中来的歌儿舞女，一直玩乐到入夜才回。

或许《东京梦华录》也有点浮夸，但两相印证，当时确实很热闹。

写完景色，下阕开始写游春的人们。盈盈美女，有的斗草踏青，有的频频在路上跟人打招呼，有的往往在路边丢失簪子和耳环，满地都是珠宝翡翠。

亲爱的读者们，这可不是骗你们去迪拜讨饭之类的招数。她们之所以会丢失这么多东西，一来因为她们有钱，二来因为高兴。归根到底，欢情是最重要的，千金难买一笑嘛。

"金罍"指酒杯，"玉山倾"指喝醉，面对这样难得的美景和美人，不喝醉岂不是不解风情？

末句就鼓动大家：哪怕明天睡一天，今天也要喝个痛快！

从末句来看，那"万家竞奏新声"的新声，或许就有柳永这首词。

柳永词中说到"斗草"，原是端午节的习俗，宋代的时候扩大到平日，所以清明节也流行。

斗草一般是妇女和儿童玩的游戏，或斗谁的草多，或对花草名，或比谁的草坚韧。总之，作为一种游戏，本身并不复杂，却很能从游戏中检验游戏者的性格。

那个做过北宋宰相的晏殊，就写过斗草，其《破阵子·春景》说：

燕子来时新社，梨花落后清明。池上碧苔三四点，叶底黄鹂一两声，日长飞絮轻。　巧笑东邻女伴，采桑径里逢迎。疑怪昨宵春梦好，元是今朝斗草赢，笑从双脸生。

燕子归来，正赶上一年春社；梨花飘落，便迎来清明节。

池面上长出三四点碧绿的苔藓，渐渐生长的树叶底下传来一两声黄鹂鸣叫。白昼变得越来越长，柳絮轻轻地开始飞舞。在这样美好的春日，少女们在采桑路上相逢，结伴斗草游戏。

其中有一位笑起来很好看的东邻女伴。她原怀疑昨夜做过的好梦是不是什么不好的预兆，结果今早斗草大胜。原来如此，她松了一口气，不由得双颊生笑。本来笑起来就很好看的她，这下更好看了。

或许是受到晏殊的启发，两宋之际的陈克在《菩萨蛮·池塘淡淡浮鹓鸰》中写道：

池塘淡淡浮鹓鸰，杏花吹尽垂杨碧。天气度清明，小园新雨晴。　　绿窗描绣罢，笑语酴醾下。围坐赌青梅，困从双脸来。

"鹓鸰"俗称紫鸳鸯，喜欢并游在水面上。春风已吹尽杏花，水边的垂柳长出碧绿的叶条。清明节刚过，雨过天晴，春光照着小园子。

下阕开始写女子，她在绿纱窗边做完描花刺绣的活儿，来到酴醾架下。"酴醾"又写作荼蘼，原是酒名，这里指跟酒颜色相似的花。

据说，"酴醾不争春，寂寞开最晚"，"开到荼蘼花事了"，等荼蘼盛开，春天将尽。

在酴醾架下应该有很多女孩儿，她们正在赌博。赌资是什么呢？就是刚刚长出来的青梅。描花刺绣的少女似乎不太感兴趣，不一会儿两颊就浮起困意。可能是描花刺绣太辛苦，但不管怎么说，哪怕很困，她也没有离开，这是为何？

这就得从全词中充满暗示性的词汇入手，寻找答案。酴醾是春天最后的花，暗示着少女们年华将晚。鹦鹉成双，青梅喻指青梅竹马，都在暗示着男女恋情。春事将归，可是少女们的归宿还没找到。青梅前加一"赌"，越发乐中有悲——对少女来说，找到一门婚事，竟如赌博一般，更别提是不是一门好婚事了。

即便这样，她们也在努力赌一把。这种执着的精神，不仅让我们联想到诗经中的《摽有梅》，也让我们想起身边的爱情故事，忍不住心口微微一悸。

所谓的古往今来，很多事是古不往，今未来，比如爱情。

陈克该词已拉起清明伤春的序幕，我们不能再继续避而不谈了。

那个曾因嘲笑蔡京掉进水池而不被任用的李元膺，就在《洞仙歌·雪云散尽》自注中发表高见。

他认为，一年的春意，在梅开柳绿的早春意味最深，等到花开烂漫时，看似春意最浓，实际上春意已在暗中因争春而衰退，让人徒增伤感，不再能获得新意。

他写下这首词，让探春的人歌唱，提醒人们寻春及早，不要留下悔恨：

雪云散尽，放晓晴池院。杨柳于人便青眼。更风流多处，一点梅心，相映远，约略颦轻笑浅。　一

年春好处，不在浓芳，小艳疏香最娇软。到清明时候，
百紫千红，花正乱，已失春风一半。早占取韶光共追游，
但莫管春寒，醉红自暖。

早春承冬雪而来，雪云才散，池院才晴，柳树便绽出青芽。
词人形容青芽为"青眼"，既贴合柳芽形状，又暗用阮籍的典故，
指出人与柳之间的默契。但更多风流，还在梅心，远远映照，
仿佛含笑，又像皱眉。

一年春意最好的时候，不在花开浓盛的清明，而在早梅所
体现出来的些些艳丽和淡淡清香，这是春天最柔美的部分。

为什么呢？词人解释说，万紫千红之际，众花难免不争春。
一旦争春，流于杂乱，原本更温暖的春风，也因各自的拉扯而
丧失一半。反不如早春的时候只有梅柳，梅心是梅心，青眼是
青眼，不必争春风。因此早春虽然风寒，却也比被众花扯碎的
春风完整。

既然如此，游人何不冒着风寒追游梅柳，醉心于完整的春
意，自然温暖？

李元膺这样议论的前提，是把春跟百花分开。似乎春是春，
百花是百花，但这种区分过于武断，如果没有百花，如何显出
春？如果没有春，我们又怎么形容百花？春与花相辅相成，没
必要区分。且李元膺讨厌百花纷乱，这是误解百花争春。更何况，
当他把梅柳跟百花进行对比的时候，不也是在争吗？

李元膺的想法有点过于理想化，笔者不太赞同。但不管怎
么说，他有权利发表自己的看法，所以也列在这里。倒是吴潜

说得更客观一些，所谓早晚，都是时间飞逝的结果，其《贺新郎·春感》说：

> 笑口开能几。把年年、芳情冶思，总抛闲里。桃杏枝头春才半，寒食清明又是。但岁月、飘飞川逝。回首秦楼双燕语，到如今、目断斜阳外。将往事，试重记。　　香罗尚有相思泪。算人生、新愁易积，旧欢难继。水上流红无觅处，还隔关山万里。但赢得、新来憔悴。昨夜东风颠狂后，想余芳、尽是飘零底。词写就，倩谁寄。

人生本就欢乐短暂，又把年年的芳情相思，都闲抛却。所谓"抛闲里"，笔者的理解是闲抛却，就是没有结果。桃杏开时才过春半，转眼又到寒食清明，春意将尽。中间一段时间，主人公在干什么？不知道，唯一知道的是，没心思赏春。

主人公不能不感叹，岁月如梭，光阴似箭。她把芳情闲抛却的时候，却不知，流年也把她抛却。"双燕语"指年轻时与情郎说过的海誓山盟。如今回首，望断斜阳，也找不到他，只能独自回忆往事。"香罗"指香罗帕，上面还有相思泪，说明相思没有因为无果而止。

她这样宽慰自己：或许人生就是旧欢难续、新愁易积吧。言外之意是，我这样也不过是其中之一。流水落花难再寻觅，水上落花离我如此近，尚且如此，远隔万里关山的情郎，更不用说。

这一番彻骨相思，只"赢"来更多的新憔悴。昨夜狂风过后，剩下的花朵，大概都已飘零，彻底春尽。写成的这首词，又该寄给谁？即便是当初那个情郎，他又何尝逃得过时光的摧残？在时间的无情流逝面前，没有人是真的赢家。这首控诉时光无情的词，没有人敢收，自然也无处可寄。

吴潜此词看似写幽情，却融入很多其他因素。真正写幽情本色当行的，还数花间派的温韦。先来看温庭筠的《菩萨蛮·南园满地堆轻絮》：

> 南园满地堆轻絮，愁闻一霎清明雨。雨后却斜阳，杏花零落香。　　无言匀睡脸，枕上屏山掩。时节欲黄昏，无憀独倚门。

这首词要从下阕开始看，才好懂。女主人公刚睡醒，不说话，默默地揉睡脸，大概是脸上有睡痕。"屏山"指小屏风，放在枕边，专门遮挡女子睡着的脸。等她慢条斯理地起来，已是黄昏，无聊地独自倚着门框。她看见的是什么呢？就是上阕所写景物。

南园中堆满柳絮。我们知道，柳絮很轻，喜欢随风飞舞。为什么南园中的柳絮却堆满在地？

她想起没起床前听到的一阵清明雨，原来柳絮沾水变重，飞不起来了。杏花也被雨打落，不同的是，在雨后斜阳的照耀下，仍旧发出清香。

我们大约可以想见，她对柳絮是同情的，对杏花多少有些羡慕。

如果说温庭筠写女子幽情，韦庄则倾向男子幽情，其《河传·锦浦》写道：

> 锦浦，春女，绣衣金缕，雾薄云轻。花深柳暗，时节正是清明，雨初晴。　玉鞭魂断烟霞路，莺莺语，一望巫山雨。香尘隐映，遥见翠槛红楼，黛眉愁。

成都锦江岸边，怀春之女踏青，她们穿着金线缝制的绣衣，薄如雾，轻如云。

正是清明时节，花柳繁茂，雨后初晴。"玉鞭"指华美的马鞭，这里大概指骑马的男子。

他听见女孩们莺莺说话，一望就想一亲芳泽，可惜没有成功。"烟霞路"本指天路，这里既然把女子比作仙女，烟霞路自然指通往女子之路。

很不幸，此路不通，所以说"魂断"。

这位男子眼看女子香尘远去，隐隐约约去往翠槛红楼。

不得不说，他有迷之自信。他不为自己的不成功难过，反而设想女子会为他愁上眉黛。这是赤裸裸地秀他身为男人的优越感。

有一首《蝶恋花·遥夜亭皋闲信步》，因为写得太好，挂在很多词人名下。

有人说是李煜所写，有人说是李冠，甚至欧阳修也来凑热闹：

遥夜亭皋闲信步，乍过清明，渐觉伤春暮。数点雨声风约住，朦胧淡月云来去。　　桃李依依春暗度，谁在秋千，笑里轻轻语。一片芳心千万绪，人间没个安排处。

不管作者是谁，我们就词论词，看它好在哪里。

长夜在水边平地信步而行，刚过清明节，开始有些伤感春暮了。所幸风约束雨声，意即不再下雨，但风仍在刮。朦胧的淡月四周，云随风来来去去。

因为风仍在吹，所以桃李依旧在夜中飘落，叫作"春暗度"。桃李在渡劫，忽然听到秋千上传来轻轻的笑语。"芳心"指落蕊之心，一片小小的落花上，有着千万思绪。可是那不知名的笑声，却让落蕊感到失落。偌大的人间，竟没有可以安放我这颗落蕊之心的净土。言下之意，它为自己落在能够听见秋千笑声的地方而不满。换作谁，大概也都不满意：自己刚飘落，悲伤得很，别人却在欢乐。

这首词妙就妙在，通过落花的视角，展现出暮春之情。这比温庭筠从女性视角、韦庄从男性视角出发都高明。读完这首词，恐怕再不会有人乐于在落花面前开怀大笑了。

跟苏轼关系很好的皇家子弟赵令畤，也写过一首《蝶恋花·欲减罗衣寒未去》：

欲减罗衣寒未去，不卷珠帘，人在深深处。红杏

枝头花几许？啼痕止恨清明雨。　　尽日沉烟香一缕，
宿酒醒迟，恼破春情绪。飞燕又将归信误，小屏风上
西江路。

词中女主人公想减去罗衣，因天寒没有付诸行动。

世上万般不如意事，大概皆如此：心想而事不成。

也因天寒，她没有卷起珠帘，只待在闺房深处。视野虽被
遮蔽，心事却仍流转：墙外枝头上的红杏，如今还剩多少？"止"
即只，只恨这清明雨，下个不停。

女主人公一想到雨摧杏花，心疼不已，脸上啼痕一片。

我们不禁要问，杏花落了是让人伤感，但至于伤得这么
重吗？

下阕交代了原因，先按下不表，且说内容。

整日只有一缕沉烟香，这里应该注意的是一缕，不是成双。
因为昨夜醉酒，所以今日醒来得迟。昨夜醉酒，是为躲避春愁；
没想到今天起来得迟，越发撩拨起伤春情绪。

这真是好事一份无，坏事万般多。

别急，还有更坏的在后面：飞燕返回，可惜心上人没有跟
着回来，叫作"归信误"。她只能看着屏风上的西江路，想象着
心上人是否登船，准备归来。

写到这里，我们不难明白，她不敢出门，正是因为醉酒。
醉酒之人，切忌受寒，不能吹风，否则加重。而对杏花的伤感，
恰恰是对自身年华老去的祭奠。青春将老，心上人未归，更兼
清明雨，谁能不伤怀？

由此可见，赵令畤虽是苏轼好友，词风却大不一样。他还有一首《清平乐·春风依旧》：

> 春风依旧，着意隋堤柳。搓得鹅儿黄欲就，天气清明时候。　　去年紫陌青门，今宵雨魄云魂。断送一生憔悴，只消几个黄昏。

春风似乎仍然留意隋堤，这当然是无理之话，但有原因。这隋堤，是通济渠的堤岸，人们往来，常在此送别。

大约词中主人公送别心上人时也在这里，所以特别留意这里的柳树。当时折柳相赠，期盼早日归来，没承想如今柳树返绿，人未归。可见不是春风留意不留意，而是主人公留意。

在这清明时节，春风吹拂下，柳树鹅黄的嫩芽，慢慢长大——而春意也越来越浓了。

"紫陌青门"指京城游玩之地，那已是去年的事情。今夜只有梦中魂魄相依相偎，犹有云雨之意，此身却萍踪不定。足够毁灭生命的憔悴，只要几个黄昏就能达到？

这黄昏的难挨，由此可知。

王安石之子王雱，一生只写过一首《倦寻芳慢·露晞向晚》，也跟清明幽情有关：

> 露晞向晚，帘幕风轻，小院闲昼。翠径莺来，惊下乱红铺绣。倚危墙，登高榭，海棠经雨胭脂透。算韶华，又因循过了，清明时候。　　倦游燕、风光满

目，好景良辰，谁共携手。恨被榆钱，买断两眉长斗。忆高阳，人散后。落花流水仍依旧。这情怀，对东风、尽成消瘦。

据说，别人嘲笑王雱不会写词，他就写下这首，大家读后为之叹服。

向晚之时，花上叶间的露珠已干。

露珠在晚上，看似不合常理，实际上从"海棠经雨"可知，这是落雨之后的雨珠。吹开帘幕的春风轻柔，小院静立，院中人度过无事的白昼。雨洗之后的青草路，黄莺飞来，惊落的花瓣铺在上面，青红相间，恍如锦绣。

主人公一会儿倚在高墙，一会儿登上高台，像在等待，像在张望。然而没有等到人，也没有望到人。只看见经雨之后的海棠花更加绯红，如胭脂一般红透。算算春光，又是草率地度过了清明时候。

"游燕"即游宴。上阕既说轻率度过，这里应该抓紧时间游宴，词人却说"倦"。满眼的好春光，良辰美景、更该游宴，主人公却已厌倦。

原来，是缺少那个可以一起携手游宴的人。

"高阳"指高阳酒徒郦食其，这里代指那个可以携手共游、有个性的好友。自从跟他离别之后，主人公两眉紧锁。

王雱用非常形象的语言表述这个意思：榆叶如钱，买走我的双眉紧皱。既然已被买走，则不由自主可知，只能徒恨。好景之中，没有好友共游，也懒于游宴。等到落花流水，其情怀就更可知了：面对春风，只剩无限销魂。

可惜王雱英年早逝，否则应该能留下更多佳作。

当然，其他词人也留下很多跟清明离情别绪有关的佳作，如陈德武《望海潮·清明咏怀》、黄升《南柯子·丁酉清明》、吕胜己《谒金门·芳思切》等，其中最有传奇性、话题性的，当数有"古之伤心人"之称的秦观的《水龙吟·小楼连苑横空》：

> 小楼连苑横空，下窥绣毂雕鞍骤。朱帘半卷，单衣初试，清明时候。破暖轻风，弄晴微雨，欲无还有。卖花声过尽，斜阳院落，红成阵，飞鸳鸯。　　玉佩丁东别后。怅佳期、参差难又。名缰利锁，天还知道，和天也瘦。花下重门，柳边深巷，不堪回首。念多情、但有当时皓月，向人依旧。

有人说，这是秦观赠营妓娄婉婉之作。

娄婉婉字东玉，"小楼"谐音"小娄"。

下阕"玉佩丁东别后"藏其字"东玉"。

据说，该词开头十三字受到苏轼的批评，他认为，十三个字只说出一个人骑马经过楼下。这倒不是没有可能，因为苏轼主张"辞达而已矣"。

但从词的角度来说也没问题，不能因为苏轼是他的老师，就认为秦观真错了。

小楼连着园林，横在空中，女主人公站在上面，往下偷看华美的车、精美的马奔驰而去。用一"窥"字，表示不敢直面离别的凄怆。

这一幕也发生在清明时候，那时刚换上单衣，半卷起珠帘，以为将要天暖。谁承想，轻风吹破温暖，似有还无的微雨逗弄晴光。

这多像我们的一时缱绻，以为长久相伴，转眼却别离。女主人公呆立良久，不愿离开，直到卖花声消失，斜阳照进院落。落红成阵，飞到鸳鸯砖砌成的井壁上。

如果说上阕是从送别的女主人公角度来写，下阕则从离去的男主人公入手。

自从和东玉分开后，再难重逢。为什么？因为名缰利锁让他难以抽身。

名缰利锁这么厉害吗？男主人公打了个比方，他说，如果老天知道名缰利锁，也会被它困住，从而日渐消瘦。

老天尚且如此，何况我这凡人！凡人也有思念，花下重门，柳边深巷，这些我们游乐之地，如今都不堪回忆。只有当时的明月，依旧多情地照着人们。

言外之意，除了明月，一切都已改变，无法回到从前。

清明节的离情别绪，秦观从男女双方刻画，应该是算无遗策了。

且慢，还有比秦观更劲爆的作品。这就是僧仲殊的《夏云峰·伤春》。

僧仲殊是个和尚，原姓张，是苏轼的好友。其他人写离情别绪也就罢了，看破红尘的和尚，怎么也写这个？

我们先别急着下定论，先看看作品：

天阔云高，溪横水远，晚日寒生轻晕。闲阶静、杨花渐少，朱门掩、莺声犹嫩。悔匆匆、过却清明，旋占得余芳，已成幽恨。都几日阴沉，连宵慵困。起来韶华都尽。　　怨入双眉闲斗损。乍品得情怀，看承全近。深深态、无非自许。厌厌意、终羞人问。争知道、梦里蓬莱，待忘了余香，时传音信。纵留得莺花，东风不住，也则眼前愁闷。

碧天广阔，白云高邈，溪水横流，流水渐远。落日因春寒而笼罩着淡淡的光圈。台阶越来越闲静，因为杨花越来越少，不再随风起舞了。朱门掩闭，只有莺声还透着些些稚嫩。懊悔时光匆匆，又过掉清明节。想想这些剩下来的花朵，大概很快就会凋落，化为幽恨。果不其然，连着几天阴沉，人也连夜困乏。等到起来查看，春光早已消失殆尽。

上阕除了境界比较扩大外，跟其他词作并无大的差别，下阕则大有不同。

因春愁引发的怨意，使主人公双眉紧皱。才品得这样伤春情怀，就把自己跟春看待得特别亲近。深念春的姿态，无不是自我所许。"厌厌"即恹恹，意气萎靡不振，也终究怕人询问。言下之意是，这些伤春情绪，都是人所自为，自伤自叹，与春何干！

这才是高僧讲出的明白话。

不仅如此，他又百尺竿头更进一步：就算这些莺声、春花能够留住，只要春风不停转，也终会成为新的烦闷。

高僧此言，真如醍醐灌顶，竟不如春去好。

写到这里，清明节的宋词也就基本完结。

蝶恋花·欲减罗衣寒未去

欲减罗衣寒未去，不
卷珠帘，人在深深处。
红杏枝头花几许？啼
痕止恨清明雨。

尽日沉烟香一缕，宿
酒醒迟，恼破春情绪。
飞燕又将归信误，小
屏风上西江路。

宋·赵令畤

谷雨

谷雨：春阑珊·农事晚

谷雨，繁体作"穀雨"。"穀"指五谷，"穀雨者，言雨以生百穀"（南宋陈元靓《岁时广记》），指出谷雨之名，源于雨水滋润百谷。作为二十四节气之一，谷雨的排序并非由来如此。洪迈指出，西汉早期及其以前，谷雨排在清明前，直到汉武帝太初年间，才把清明放在谷雨前（南宋洪迈《容斋续笔》），并延续至今。

自称"语不惊人死不休"的诗圣杜甫，曾高度凝练地概括过花朵与春天的依存关系。他在《曲江二首》中说："一片飞花减却春，风飘万点正愁人。"

一片飞花已使春天不再完整，万点飞花可不就要春色阑尽、使人愁绝吗？

谷雨是春季最后一个节气，所以常常要承受人们的责难。曾巩在诗中就说"年年谷雨愁春晚"。周明老在《咏浮萍》诗中说得更直白："一番谷雨晚晴后，万点杨花春尽时。"

谷雨之后，杨花飘零，春天就要结束，似乎不下谷雨，杨花就不会飘落，周明老责怪谷雨之意非常明显。

可范成大却不同意，他说："牡丹破萼樱桃熟，未许飞花减却春。"此诗首句是"谷雨如丝复似尘",可见当时也下过谷雨。

在范成大看来,谷雨带来的是牡丹盛开,樱桃成熟,可能也有飞花,却不减春色。

那么问题来了:谷雨到底有没有减掉春色?

我们先来看看主张谷雨减掉春色的词人理由如何。

这个比较有难度,因为宋词讲究蕴藉委婉,很少直接标明创作时间,我们很难直接判定词中是否在写谷雨。

有两个标准可以大致判断。首先,既然谷雨是春季最后一个节气,如果词中有暮春、三月之类的时间词,就比较接近了。其次,谷雨期间最大的特点就是雨多。

满足这两个标准的词作不多,我们挑两首代表作看看。

先看晏殊《木兰花·绿杨芳草长亭路》:

绿杨芳草长亭路。年少抛人容易去。楼头残梦五更钟,花底离愁三月雨。 无情不似多情苦。一寸还成千万缕。天涯地角有穷时,只有相思无尽处。

再看欧阳修《蝶恋花·庭院深深深几许》:

庭院深深深几许。杨柳堆烟,帘幕无重数。玉勒雕鞍游冶处。楼高不见章台路。 雨横风狂三月暮。门掩黄昏,无计留春住。泪眼问花花不语。乱红飞过秋千去。

这两首词都选入《宋词三百首》，主人公都是思妇，都通过三月风雨（即谷雨）摧残暮春之花来展现韶光易逝，也都用落花无知来对比思妇有情。

晏殊、欧阳修本有师生之谊，都学习冯延巳，词风接近并不奇怪。如果再进一步细读，就会发现二者的同中之异。

晏殊所写思妇，身份虽不确定，情思却较为显豁。

词中先说离别的长亭路边长满绿杨芳草，"年少"既指年轻人，也可指年轻的时光，则"年少抛人容易去"既在说年轻人容易离别，也在说青春容易流逝。

接着两句先说美梦被楼头响起的五更钟声惊残，再说离愁被三月风雨吹落的花瓣唤醒。

下阕紧贴被唤醒的愁思，先说落花无知，不像有情之人，一寸相思可以生出千丝万缕，再说天涯地角都可穷尽，唯有相思永无止境。

欧阳修词中"章台"原指妓女住地，"玉勒雕鞍游冶处"指驾着华丽马车逛歌楼妓馆，因此思妇所思之人更为明确，他正在外面寻花问柳。

思妇则困在深深庭院，"深几许"三字作问句，暗示思妇恪守妇道，未曾走出过庭院，才不知晓庭院到底有多深。

那是否可以凝望所思之人呢？

也不可，因为杨柳飞絮如烟，像无数帘幕阻隔视野。

所托非人，已足伤悲，下阕更写"雨横风狂三月暮"，门外黄昏降临，春天再也无计相留。

这逝去的春天，多像自己逝去的美好年华，思妇眼含泪珠，无人可问，只好去问庭院的花朵："究竟怎么才能留住春天？"

可是花朵无言，滚落风中，一直飞到秋千之外——

如果花朵有答案，怎么还会任自己飘落呢？

清代学者刘熙载评价晏、欧二人，曾经说过"冯延巳词，晏同叔得其俊，欧阳永叔得其深"，从这两首词来看，确实如此。

如果以上词意理解无误的话，那么在晏殊和欧阳修看来，谷雨是花朵飘落的原因之一，自然会减掉春色。

当然，他们关注的是春色减掉所象征的人生中的青春退场，因此并没有太多心思来为落花讨伐谷雨，但暗含的责怪之意却很明白，一会儿说"花底离愁三月雨"，一会儿又说"雨横风狂三月暮"。

我们知道，花朵如果刚刚盛开，一场谷雨是不可能使其凋零的；相反，如果花朵渐趋枯萎，就算没有谷雨，也阻止不了它的零落。

这类道理，晏殊、欧阳修难道不知道吗？他们当然知道，他们只是想在残酷的现实面前抱有一丝幻想，似乎没有谷雨，花朵就不会这么快落尽，似乎人生就有更多的青春相伴——至于究竟如何，那是人生的问题，并不属于文学了。

再来看看"未许飞花减却春"一派的理由。

陈允平在《过秦楼》词中特意褒奖谷雨的贡献说："谷雨收寒，茶烟扬晓，又是牡丹时候。"

谷雨把春寒收走，使新茶萌生，牡丹盛开。但更多的人则认为谷雨是牡丹的劫难，陈景沂《全芳备祖》就说："洛人谓谷雨为牡丹厄，论花者以牡丹为花王。"

谷雨连花王牡丹都敢欺负！

司马光则不同意，元丰五年（1082年），他在《其日雨中闻姚黄开，戏成诗二章，呈子骏、尧夫》诗的第一首中说："谷雨后来花更浓。"并自注说："洛人谓谷雨为牡丹厄，今年谷雨后名花始开。"

司马光经过观察发现，今年谷雨之后才开的牡丹，比以往更加浓密，可见洛人之说不确。因此他在第二首中说"小雨留春春未归"，指出雨水不仅不会减损春色，还会延长春时。

司马光写这首诗的时候，因为跟王安石政见不同而处在退隐状态，诗中是否以牡丹比喻他们越挫越勇的斗志不得而知，但将牡丹盛开归功于谷雨的滋润，却是毫无疑问的。

晁补之同意司马光的意见，他在《次韵李秬约赏牡丹》中说："夭红浓绿总教回，更待清明谷雨催。一朵故应偏晚出，百花浑似不曾开。"更指出谷雨催开牡丹的功劳。

正如李白在《清平调》中所说："名花倾国两相欢，常得君王带笑看。解释春风无限恨，沉香亭北倚栏杆。"

诗中的"名花"即指牡丹花，牡丹虽后开，但一旦盛开，就能把春风（即暗喻唐玄宗）中吹出的暮春时节、百花凋零的无限烦恼消除干净。而催开牡丹的谷雨，不仅不能说是减掉春色，反而是增添春意了。

这一观点，宋词中要数曹勋《诉衷情·宫中牡丹》表达得最完整：

西都花市锦云同。谷雨贡黄封。天心故偏雨露，

名品满深宫。　　开国艳，正春融。露香中。绮罗金殿，
醉赏浓春，贵紫娇红。

"西都"指洛阳，上阕点明时间在谷雨。

下阕又说牡丹一开，春意融融，不仅不是暮春，反而迎来
"浓春"了。

曹勋是北宋人，靖康之难后官至太尉，官位很高。

但要就词本身来说，恐怕是李铨《点绛唇·一朵千金》写得
更好，其词如下：

一朵千金，帝城谷雨初晴后。粉拖香透。雅称群
芳首。　　把酒题诗，遐想欢如旧。花知否，故人清瘦，
长忆同携手。

李铨是南宋人，约生活在宋宁宗时期，曾做过通判。

帝城汴京此时已陷入异族之手，因此上阕所写乃"遐想"
之景。

李铨想象着谷雨初晴，汴京城里的牡丹一朵价值千金，堪
称群花之首，不愧花王之号。

下阕开始抒情，词人喝酒题词，想象着如今汴京城里可能
欢乐如旧，人们依然欣赏牡丹，只是牡丹不一定知道，那些一
起携手欣赏牡丹的故人已日渐消瘦，唯有通过回忆重温逝去的
快乐。

这首词表面在写友情，实际在写北宋灭亡、宋人南渡之悲。

牡丹无知，那些"欢如旧"的人们也无知，唯有词人这样的爱国者消瘦憔悴，长久回忆北宋帝国那无法追回的如春繁华。

如果说谷雨前后盛开的牡丹也不能挽回帝国之春的话，那就不得不提谷雨的另一重使命，即李弥逊诗中所说的"谷雨催耕水拍田"。

舒邦佐《春日即事》中也说：

> 谷雨催秧蚕再眠，采桑女伴罢秋千。前村亦少游人到，牛歇浓阴人饷田。

谷雨使农夫忙碌起来，他们开始耕种、插秧。

在农业立国的宋代，这才是根本大计，才能使帝国繁荣如春。

范成大《蝶恋花》写得极其清晰生动：

> 春涨一篙添水面。芳草鹅儿，绿满微风岸。画舫夷犹湾百转。横塘塔近依前远。　　江国多寒农事晚。村北村南，谷雨才耕遍。秀麦连冈桑叶贱。看看尝面收新茧。

上阕先写春水上涨一篙之多，水面也随之宽阔。芳草生长，幼鹅嬉戏，微风吹绿两岸。词人乘着船，随着水湾拐来拐去，横塘塔看起来就在眼前，想真正抵达却要航行很久。

下阕开始关心农事。

　　在江南水乡，春寒较久，农事较晚，直到谷雨时节才把村南村北的田地耕完。开花的麦穗遍布山冈，桑叶因为茂盛而价格便宜。词人由眼前景象展开联想：不久之后养蚕人就要收获蚕茧，而我也能尝到今年的麦穗做成的新面了。词中洋溢着范成大对农事的欣悦，而这农事之所以得以开播、农作物之所以得以生长，无疑要感谢谷雨。

　　谷雨不仅没有减掉春色，反而能长葆帝国之春。

蝶恋花·庭院深深深几许

庭院深深深几许。杨柳堆烟，帘幕无重数。玉勒雕鞍游冶处。楼高不见章台路。

雨横风狂三月暮。门掩黄昏，无计留春住。泪眼问花花不语。乱红飞过秋千去。

宋·欧阳修

立夏：木成荫·暑尚微

春分后四十六日立夏，《吕氏春秋·孟夏纪》云："立夏之日，天子亲率三公九卿大夫，以迎夏于南郊。还，乃行赏封侯庆赐，无不欣说。"

立夏又称首夏，主管的天神叫赤帝。君臣这天要斋居祭祀，迎接夏天。

北宋有名的文臣、西昆体诗歌的代表诗人杨亿就写道："首夏修时祭，斋居贵洗心。"时祭指四时转变的时候，都要祭祀。祭祀时要斋居吃素，但在杨亿看来，更可贵的是洗心。

夏天到来，春天过去，人们不禁要在心中比较，到底哪个季节好。在谢朓看来，"花时气暖长愁夏，竹里风微又胜春"。若说天热昼长，夏不如春；若在竹林吹风，夏又胜春。

原来夏天跟春天之间的差距，就在一片竹林。

竹林阴凉，可以抵挡夏日炎热，但"夏木已成阴"，其他的树木也有阴凉。陆游就写道："槐柳阴初密，帘栊暑尚微。"槐树柳树树荫渐密。对于阴凉来说，最大的因素在树叶，只要有树叶，就能遮挡炎日。

这就像一个人，只要有头发，就还有青春。

北宋以学李白出名的郭祥正，就豁达地写道："落花空眷影，新叶自成阴。"尽管落花已去，春天已远，但新叶生长，可以乘凉。

不仅人要乘凉，禽鸟也要避暑，李光《立夏日纳凉》就说：

> 茅菴西畔小池东，乌鹊藏身柳影中。沙岸山坡无野店，不知此处有清风。

在茅草房的西边，小池塘的东面，柳荫中藏着乌鹊。沙岸山坡没有可供歇脚的野店，但我还是立在这边。因为这里有清风吹来，比歇脚的野店还要舒坦。尽管竹荫可被其他树荫取代，但它还有一个比较独特的功能，之所以谢薖如此看重竹林，正在于此，他写道：

> 小簟含风六尺床，竹奴从此合专房。吾身瓠落都无用，占得山间一味凉。

"小簟"指竹席，"竹奴"指竹枕头之类，这都是避夏神器。正因竹子有此类妙用，所以远比一般的树木受欢迎。要知道，竹席竹枕头，对于漫长的夏昼、爱好睡觉的人来说，何其重要。郭祥正就脸不红心不跳地说："昼永惟便睡，蝉清稍伴吟。"

当然，他睡醒之后，也还在蝉声陪伴下写诗。

夏昼较长，适合读书写文章，很多作家都会在立夏这天动动笔。

嘉熙三年（1239年）立夏这天，刘埴读完薛瓜庐的诗卷，提笔动情地写道：

> 窃叹古今知名士，非文字言语，固无以垂后，而
> 后之人乃以其人之贤与否而定去取之目，则所重者，
> 盖不特文字言语间也。陶靖节之洁操绝俗，杜工部之
> 忠恪爱君，李太白、白乐天皆先颂其人而后及其诗。

在刘植看来，诗文能否传世，与作者贤良与否有重要的关系。他举了很多例子，像高洁的陶渊明，忠贞的杜甫，李白、白居易等。然后写到好朋友薛瓜庐，褒扬他是古君子，性情正派，有陶渊明之风。言外之意，薛瓜庐的诗作也会永世流传。

但很不幸，我们似乎能见到的薛瓜庐作品很少。

那么，刘植的话有没有说错呢？从薛瓜庐依然能被千余年后的我们知道这点来看，是没有问题的，只不过我们很不幸，没机会领略他的诗歌作品罢了。

淳祐元年（1241年）三月立夏日，杜范写下《题何郎中和陶韩诗后》。

杜范的好朋友何郎中喜欢写和诗，尤其喜欢追和陶渊明和韩愈的诗。他把自己追和的作品拿给杜范看，杜范看完，提笔来评价。

这实在不好评价，从诗歌角度来看，陶诗平淡闲远，韩诗英健瑰杰，本来风格就大不相同，去追和两个风格如此迥异的作品，难度太大。而且，无论是陶渊明，还是韩愈，诗歌风格虽不同，诗歌水平都是超一流的。去追和超一流的诗歌，最容

易暴露出不足。

可是，杜范又不能明说，毕竟何郎中的诗再不好，也算是"取法乎上"。杜范很聪明，夏日漫长的白昼也有时间让他思考，他想到一个妙法。

韩愈的诗歌且不说，陶渊明的诗歌，在本朝就有一个大诗人苏东坡，写下很多和陶诗：

> 追和古作，自坡公始，其和陶诗至得意处，自谓
> 不甚愧渊明。呜呼，愧不愧，他人不得而知也，公独
> 自知耳。然则智父诗，吾又将何以措吾辞？

苏东坡曾经说过，他的和陶诗，有些还是不比陶渊明差的。杜范给他浇了瓢冷水：差不差，别人不知道，只有苏东坡自己知道。言外之意是别人不太知道，也就是不太承认这一点。

大名鼎鼎的苏东坡尚且如此，面对何郎中的诗，我又能说些什么？好嘛，拿苏东坡来做挡箭牌，这个糟老头子坏得很。

如果何郎中把这段话理解为批评自己的诗歌写得不好，杜范可以这样辩护：大文豪苏东坡尚且写不好，你能写成这样，已经很不错了。

若何郎中比较粗线条，以为这是在夸自己，杜范也可以声明："我什么都没说。"

巧得很，苏东坡还真在立夏这天写过和诗，不过是和弟弟苏辙的诗。

苏辙的诗也不是原唱，他也是和别人的，诗题是《次韵赵至

节推首夏》：

> 首夏寻芳也未迟，绕园红紫尚菲菲。无心与物真
> 皆可，有酒逢人劝莫违。梦逐杨花无限思，身惭啼鸟
> 不如归。官居寂寞如僧舍，海燕怜贫故入扉。

诗中说，初夏看花也不算迟，因为园里红花紫花芳菲一片。
与物无心，与人饮酒，这都是值得欢乐的举动，但能做到吗？
尤其是与物无心更难。

果然，苏辙接下来啪啪打脸：幽梦随着杨花飞舞，啼鸟声
中，惭愧于自己不能归去。

这个啼鸟，或许是子规鸟，老是叫着不如归去。无论是"梦
逐杨花"，还是"身惭啼鸟"，都没做到与物无心。不仅没做到，
反而变本加厉，变成与物多情了。

他在官舍中的生活寂寞如僧舍，海燕南来筑巢，本是自然
现象，苏辙多情地猜想：它是不是因为可怜我，所以才到我这
里做窝？

苏辙当时在做齐州掌书记，官途不济，写下这样自相矛盾
的诗。

他的哥哥苏轼正在密州太守任上，一看弟弟心情有些低落，
赶紧写诗安慰他：

> 安石榴花开最迟，绛裙深树出幽菲。吾庐想见无
> 限好，客子倦游胡不归。坐上一樽虽得满，古来四事

巧相违。令人却忆湖边寺，垂柳阴阴昼掩扉。

第一句就劝慰老弟少安毋躁，君不见有一种石榴，叫安石榴，它有个特点，开花最晚，然而一旦花开，满树红艳，恍如红裙，在草野间出类拔萃。

这是委婉地告诉老弟，他尽管大器晚成，但会一鸣惊人。接下来回应苏辙想家的诗情：想想我们四川老家，应该一切都好，可惜我们无法归去。

让人难过的是，我们尽管都离家，却不在一起。

坐上一樽酒，借用孔融的话，孔融说："只要座上客满，樽中酒多，我就无忧无虑。"

"四事"借用谢灵运的话，他说："天下良辰、美景、赏心、乐事，四者难并。"苏轼这样借用他们的话，就是在说：我虽不缺酒，但也并不快乐，为什么？

答案在末句：我啊，老是想起湖边的寺庙，垂柳阴下，白天关着门。

这个湖边寺，有人以为是指杭州西湖边的寺庙，虽然苏轼在杭州做官时很喜欢游览寺庙，但放在这首诗中，似无所指。

我们还得联系苏辙的原诗，诗中把自己住的地方比作僧舍。苏轼接过弟弟的话头：我有酒也不快乐，是因为常常想起你住的那个寺庙般冷清的地方。你看，白天都把门关着，也不多出去走走，叫哥哥我怎么放心得下。

苏辙当然明白哥哥的好意，于是在《次韵赵至节推首夏》诗后，我们赫然看到《游泰山四首》，看来苏辙很听哥哥的话。

当然，苏轼也不是个只会派活给别人的嘴炮，他自己也付诸行动。

苏轼写有一首《阮郎归·初夏》，词中虽写女性，却有他自己的经历在：

> 绿槐高柳咽新蝉，薰风初入弦。碧纱窗下水沉烟，棋声惊昼眠。　　微雨过，小荷翻。榴花开欲然。玉盆纤手弄清泉，琼珠碎却圆。

槐树变绿，柳树变高，入夏的新蝉叫个不停。温暖的南风吹拂起来，"入弦"形容风声，用今天的话来说，就是南风开始唱歌。碧纱窗下，升起袅袅的水沉香，大概正在睡午觉。这时忽然传来落棋声，把人从睡梦中惊醒。一场微雨已过，池面上刚长出来的小荷叶翻倒一片。石榴花开得热烈，仿佛要燃烧——看来这场微雨没有洗尽炎热。刚睡醒的姑娘，打来一盆水洗手洗脸。清水溅起，恍如玉珠，虽然破碎，仔细看去，却颗颗溜圆。

这多像那一场没有做完的梦，虽被棋声打碎，醒来所见也很美好、圆满。词中的"纤手"固然暗示女子，但我们从词中很容易感受到乐观的苏轼。

乾道三年（1167 年）三月十日，宋孝宗陪太上皇（宋高祖）在后苑看花。太上皇倚在栏杆上，忽有一对燕子掠水飞过，就让曾觌写首词。

曾觌所写，也是《阮郎归》，不同的是，他是"奉旨填词"：

柳阴庭院占风光，呢喃清昼长。碧波新涨小池塘，双双蹴水忙。　　萍散漫，絮飘飏，轻盈体态狂。为怜流去落红香，衔将归画梁。

奉旨填词，当然就要献媚。曾觌的名声不太好，但他献媚的功力却是一流的。

庭院柳树成荫，风光独占；夏日清昼变长，燕子呢喃。小池塘碧波新涨，燕子双双踏水忙。燕子们体态轻盈，飞来飞去，忙得发狂。它们踏过水面，水面浮萍散开；穿过柳树，惹得飞絮飘扬。这些燕子，到底在忙个啥呢？原来，它们为了怜惜水面上的落花，忙着衔到梁间窝里珍藏。

这当然是无稽之谈，燕子衔落花跟衔树枝没区别，都是为筑巢。

但曾觌这样一写，言外之意就出来了。如果把太上皇看作落红，曾觌的献媚之情就昭然若揭。

不得不说，事情虽不正派，干得确实漂亮。

这类词还很多，比如曹冠《夏初临》，就为记录初夏游玩而作。

初夏远游，并非都为玩乐，有些人是不得不赶路。郭祥正在《立夏》中就说"岁旦辞江国，炎天客瘴乡"，个中滋味，很不好受。

这些迫于生计不得不冒暑远行的人们，换个视角来看，就引来家中亲人的思念。宗室子弟赵长卿，就写有一首《朝中措·首夏》：

　　荷钱浮翠点前溪。梅雨日长时。恰是清和天气，雕鞍又作分携。　　别来几日愁心折，针线小蛮衣。羞对绿阴庭院，衔泥燕燕于飞。

　　"荷钱"指小荷叶，像铜钱那么大，所以紧接着用"点"字形容。

　　这时正是梅雨季节，白天变得很长，让人发愁。好不容易来个清和天气，心上人跨着精美的马鞍又要分开。这也难怪，心上人赶路，总得挑个好日子出发。离别才没几天，愁心已经摧折殆尽，只能在针线活中暂忘。"小蛮衣"指女子的衣服，缝制这类衣服，当然是期盼心上人回来，穿给他看。逃避在针线活中还有一个好处，就是不用面对庭院中成双入对的飞燕。看见它们，越发让人想起自己形单影只，所以眼不见为净。

　　与赵长卿笔下不同，沈会宗词中主人公是借酒消愁，其《菩萨蛮·初夏》说：

　　落花迤逦层阴少，青梅竞弄枝头小。红色雨和烟，行人江那边。　　好花都过了，满地空芳草。落日醉醒间，一春无此寒。

　　落花绵延，树叶尚小，所以树荫不多，枝头上挂满青梅。隔着似被落红染过的烟雨，主人公所思念的行人在江的对岸。转眼之间，花已落完，空留满地芳草。似醉似醒中，落日西沉，主人公感受到的寒冷，整个春天都没经历过。

这个就奇怪了，不是说初夏气暖吗？怎么比春天还冷？

原来，词中主人公并非身冷，而是离别带来的心寒。离别也不一定全是因为距离，有时因为种种约束，近在咫尺，恍如万里。

周邦彦《风流子·新绿小池塘》就写了这样一场不被祝福的相思：

> 新绿小池塘。风帘动、碎影舞斜阳。美全屋去来，旧时巢燕，土花缭绕，前度莓墙。绣阁里、凤帏深几许？听得理丝簧。欲说又休，虑乖芳信，未歌先噎，愁近清觞。　　遥知新妆了，开朱户、应自待月西厢。最苦梦魂，今宵不到伊行。问甚时说与，佳音密耗，寄将秦镜，偷换韩香。天便教人，霎时厮见何妨。

这首词，据说是周邦彦作溧水县令的时候，垂涎其下属的妻妾，想动手又顾虑重重而作。

王国维先生认为这是不嫌事多的好事者所编造的，所论甚是。

我们需要进一步追问的是，好事者为什么这样编造？原因当然是周邦彦把这种相见不能见的相思写得入骨三分，让人不由得遐想联翩。

小池塘碧波新绿，风吹帘动，以为是佳人进来。白高兴一场，原来是风，吹动树影，似与余晖起舞。所思何在？去了金屋——一个更好的地方，从此萧郎是路人。"土花"指苔藓，佳人藏娇金屋之后，故地只有巢燕归来，土花又再度长满旧墙，而故人呢？锦绣闺阁深处，她到底藏在哪里？只曾听见她仍在弹奏。我想随着她的乐声，高歌一曲，又怕违背她的心意。还没开口，先自哽咽，因愁而亲近酒杯——只能借酒浇愁了。

能听见乐声，想必隔得并不远，下阕开头却加一"遥"字，可见是心理距离。她新妆打扮，打开朱门，应该也待月西厢，等我相会？可惜，我连梦魂都去不了她的身边，更何况我身？这种日子太难煎熬，究竟什么时候我们才能约好佳期，交换信物？

"秦镜"指秦嘉外出做官，妻子生病不能随行，所以赠送镜子给她。"韩香"指贾充之女爱慕韩寿，偷偷把御赐异香送给他。

总之，这两个典故用在这里，表示男女互换信物，订立誓约。

最后，主人公略作让步：即便不能定约厮守，让我们短暂地见见面也好！末句简直如火山酝酿千年，最后喷薄而出！不同的是，火山喷出岩浆，主人公喷出的是炙热的相思。这般炙热的思念，与渐暖的夏天，何其契合。

至元二十二年（1285年）的立夏日，对于一位老人来说，他已不愿炙热地表达自己。陈著默默写下《清高堂记》，他已习惯默默忍受一切。文中褒扬竹之清高之外，他也鼓励子孙要像竹子一样。结尾处，七十一岁高龄的陈著颤颤巍巍地写下落款日期："乙酉立夏日。"

乙酉是干支纪年法，他为什么不写王朝年号？我们翻开书本一查，原来早在六年前，南宋灭亡。

陈著学陶渊明在晋亡后只书干支的做法，是有深意的。

这样漫长的夏天，对老人家来说，是有些残忍。更残忍的是，他在普遍寿命不长的古代，高寿八十三。

菩萨蛮·初夏

落花迤逦层阴少，青梅
竞弄枝头小。红色雨和
烟，行人江那边。

好花都过了，满地空芳
草。落日醉醒间，一春
无此寒。

宋·沈会宗

芒种 小满

小满与芒种：新面熟·蒸米成

所谓小满，《月令七十二候集解》云："小满者，物至于此小得盈满。"其中之"物"，所指较宽泛。马永卿《嫩真子录》则具体指出是"麦"："小满，四月中，谓麦之气，至此方小满而未熟也。"所谓芒种，《嫩真子录》又云："芒种，五月节。种读如种类之种，谓种之有芒者，麦也，至是当熟矣。"可见，在马永卿看来，小满是指麦开始灌浆，芒种指麦成熟。总之，都与麦有关。

把小满与芒种两个节气放在一起，有很多理由。比如，它们都跟麦子有密切联系，本来也不必强行分开。再比如，它们都传达出民以食为天的观念。还可以列出很多理由，但对笔者来说，原因比较简单。在二十四个节气中，它们是少有的宋词中没有明确标出的节气。换句话说，从小满到芒种，连续的一个月时间，在节气词中是空白。

当然，这不是说没有可以搭上关系的词作，如"芰荷风、涤面恰麦秋""麦秋霁景，夏云忽变奇峰、倚寥廊"等，都写麦熟。

可是我们翻阅全词，并无明确的小满或芒种意识。

由此可见，在这一个月中，词人照旧创作，只不过就是不愿标出小满、芒种。

这是什么原因呢？笔者把它们放在一起，就是想找个答案。词人不直接写，那么与词关系较近的诗中，写不写？

这倒比较多，但我们仔细一分析，发现南宋前还比较自由，到了南宋，多与农事相关。唐代褚藏言在《北固晚眺》中说："水园芒种后，梅天风雨凉。"指出芒种之后，梅雨让天气变凉。有名的唐代诗僧寒山，写有"草生芒种后，叶落立秋前"。芒种本是播种庄稼或麦子成熟，这里却说芒种后才长出草。树叶本在秋天凋落，却在立秋之前就已飘零。寒山在诗中并非写芒种，而是用来烘托"山中何太冷"。因为山中太冷，芒种之后天才回暖，才有草长得出来。又因为太冷，所以还没立秋，就已天寒叶落。

北宋末，王之道在《遣兴》中写道：

> 步屟随儿辈，临池得凭栏。久阴东虹断，小满北风寒。点水荷三叠，依墙竹数竿。乍晴何所喜，云际远山攒。

王之道写的是俗称"小满寒"的天气现象。小满时节，南方有时会出现连续三天以上的低温降雨天气。诗人随着儿子们漫步，但毕竟年纪大，所以没走多久，就在池边靠着栏杆。阴天太久，东边的虹一点也看不见，像是断掉了一样。

民谚有"东虹日头西虹雨"的说法，就是东边有虹，就出太阳，西边有虹，就会下雨。现在东虹已断，难怪久雨不晴。

小满时节，夏风吹来，如北风一样寒冷。诗人望望阴天，吹吹冷风，低下头看池。池上几叠荷叶，因为久雨，池水上涨，仿佛与水面点在一起。栏杆墙边，依偎着几竿碧竹，景色也还不错，但终究是视野受限，都怪阴天没法走远。

末句，诗人自问：天晴有什么乐处？

又自答：起码能够望见云外的远山。

说得好像天晴，他就有精力去爬山一般。不过，即便晴天爬不上去，能看看也好。这样可爱的纯情，到南宋就少见了。

南宋诗人，写到小满、芒种，不跟农事联系起来，就不自在，巩丰就说：

清和入序殊无暑，小满先时政有雷。酒贱茶饶新面熟，不妨乘兴且徘徊。

他是在早晨赶路的时候写下这些诗句。天气清和，没有暑热，小满来得早了一些，正有夏雷。小满意味着万物渐丰盈，诗人紧接着就写了三样：因多而降价的酒、丰饶的茶和新磨出的面。

这无疑是在歌颂丰年了，既如此，赶路也不觉累，反而变得兴致勃勃。这种心情，那些不远千里奔波、只为一口美食的吃货，是容易共鸣的。

也有为农事忧愁的，赵蕃看到多雨，写诗说："玉历检来知小满，又愁阴久碍蚕眠。"一翻日历，已是小满，小满阴雨很正常，不是什么怪事。可是诗人转念一想：阴天太久，也会阻碍蚕眠。

与赵蕃齐名的韩淲，似乎更豁达一些，他说：

> 重午是一节，芒种又一气。何因至怡悦，底事苦
> 歔欷。

在他看来，端午、芒种不过是个日子，没必要高兴或悲伤。

韩淲与赵蕃是好友，韩淲曾写过《和履道出会宗伯回访赵晏叟》，赵晏叟就是赵蕃。在诗中，韩淲也只是淡淡地说"芒种夏将深"。千万别就此被韩淲骗过，他这样说，不过是把芒种当作节气。一旦他正儿八经地面对芒种背后的农事的时候，他又恢复南宋人的本来面目了。

韩淲曾写过题为《芒种》的四首诗，前两首就写插秧之苦：

> 田家一雨插秧时，成把担禾水拍泥。分段排行到
> 畦岸，背篷浑不管归迟。
>
> 栽匀明日问青黄，惜水修塍意更忙。少候根中新
> 叶出，又看晴雨验朝阳。

雨后田家忙着插秧，成把的禾苗用担子挑到田里。由于人在田中走，搅动的水花拍打着泥土，好像田地激动地晃动起来。分段排行，农民整整齐齐地把秧苗插进水田中，直到田边。他们背着遮雨的斗篷，抓紧时间插秧，不顾回家太晚。

如果你以为插完秧就万事大吉，那你真是不懂农事。

韩淲说，插完秧还要照料，总不能不管秧苗死活。为了留住珍贵的水，就要忙着修理好田埂。等到秧苗扎根，长出新叶，这时候总算可以休息了吧。

且慢，还要忙着看天象，看天气变化——这样算下来，直到稻谷进仓，才算完。

很多朋友读到这里，可能心中暗暗告诉自己：一定要好好读书，千万不能当农民，太辛苦。

可是韩淲不这样想，他觉得如果做官无益于民，不如回家：

愧我粗官耗太仓，及瓜而代合耕桑。蚕筐阁了修秧马，老稚时时馌酒浆。

让我惭愧的是，我做官也没有帮助到百姓，徒劳地耗损官粮。

这些官粮从哪里来的呢？自然是百姓辛苦耕种所交。

"及瓜而代"指任期已满，由他人接替——这时候，韩淲表示：我就不干了！回家去耕种，弄完蚕茧修秧马，在田间地头忙着干活，没时间吃饭，不用怕，自有老老少少来田间送饭送酒。

俗话说"当官不为民做主，不如回家卖红薯"。自食其力，虽然辛苦，但吃得香睡得好。

果然，韩淲才刚五十，就归家隐居，践行了自己的诺言。

南宋的时候，国土主要在南方，所以插秧成为国之根本。插秧有两件大事：一是田里要有水，二是要人来插秧。田里要有水，那么就期待下雨；要人来插秧，下雨就不方便。从这个角度来看，芒种时下雨不好，不下雨也不好。

但是，如果从农业立国的角度来看，晴也好，雨也好。晴天的时候，农民不受雨水干扰，插秧干活更利索。下雨，秧田不缺雨水，有助于秧苗存活。

范成大就高兴地说"乘除却贺芒种晴"，这是为晴天有利于插秧而言。所以他紧接着就畅想道："插秧先插早籼稻，少忍数旬蒸米成。"先插早籼稻，不久就有新米吃，百姓就不用忍饥挨饿了。

范成大的好朋友陆游却说"芒种初过雨及时"，认为这是及时雨。因为"时雨及芒种，四野皆插秧。家家麦饭美，处处菱歌长"。连一向讨人厌的梅雨，也因为能滋养禾苗而得美名，陆游在《入梅》诗序中说：

> 吴俗以芒种后得壬日为入梅，今年正以此日重云蔽天，比夜乃雨，父老以为有年之候，赋诗以识之。

吴地风俗，在芒种后的壬日，为进入梅雨天气。今年这天，阴云密布，到晚上下起雨来。有经验的父老认为这是丰收的征兆，我听了也很高兴，写诗记下。陆游从农事大局考虑，范成大有时却不免心疼雨中农民。毕竟冒雨插秧，容易得风湿病等。范成大忧心忡忡地写梅雨对农人的损害：

> 梅霖倾泻九河翻，百渎交流海面宽。良苦吴农田下湿，年年披絮插秧寒。

"梅霖"就是梅雨，梅雨不停，河流翻滚，百川东注，使海面都变宽了。在这样恶劣的雨中，吴地农夫还要冒雨冲寒，披着雨衣插秧。

据范成大自注，昆山农夫梅雨季节，常常披着毳絮插秧。所谓毳絮，大概是羽毛做成的雨衣，取其轻便保暖。但再轻便，也是妨碍干活；再保暖，也无法护住跟水接触的手脚。

小满、芒种意味着艰辛的劳作，在农业技术不发达的古代，倍增其苦。

唐代，大一统帝国，诗人们较为自信，本该写一些跟小满、芒种有关的词作。可惜，词到五代才成熟，唐人不善写词，更别提写小满词、芒种词了。到两宋，尤其是南宋，虽然写词风行，但国运艰难，人们也无心写小满词、芒种词。

如今，是时候写些小满、芒种词了。

有些当代词人就写有一些，笔者也不揣简陋，写一首《醉太平》，以抛砖引玉：

> 梅霖噪蝉，农科助佃。机耕芒种溅溅，管他风雨天。
> 四时果鲜，三餐酒筵。棚栽作物连绵，小满成大全。

醉太平·梅霖喋蝉

梅霖喋蝉，农科助佃。机
耕芒种溅溅，管他风雨天。
四时果鲜，三餐酒筵。
棚栽作物连绵，小满成
大全。

关鹏飞

夏至

夏至：夕漏迟·一阴始

《恪遵宪度》抄本云："阳极之至，阴气始生，日北至，日长之至，日影短至，故曰夏至。"此日，太阳直射地球北回归线，是北半球太阳高度角最大，白昼最长的一天。

夏至是北半球白天最长的一天。

韦应物却说"宵漏自此长"，宵漏是夜晚的计时器，这是为什么？

古人有居安思危的传统，也有阴阳互生的思维。当白天最长的夏至降临，也就意味着最短的夜晚降临。

那么，夏至之后的夜晚，不就每夜都长一些吗？

我们常说"夏至未至"，它的好就在将要到达，还没到达，也就不必担心由盛转衰。

白居易说："夏至一阴生，稍稍夕漏迟。块然抱愁者，夜长独先知。"夏至到来，盛极而衰，阴气暗生，渐渐地夜晚变长。然而，很多人还是被夏天的炎热欺骗，感受不到夜晚悄悄变久。只有我这样孤独地怀抱忧愁的人，才独自先感受到这一点。

孤独的人往往清醒，清醒的人不止白居易一个。

韦应物写过一首《夏至避暑北池》，写得很好：

　　昼晷已云极，宵漏自此长。未及施政教，所忧变
炎凉。公门日多暇，是月农稍忙。高居念田里，苦热
安可当。亭午息群物，独游爱方塘。门闭阴寂寂，城
高树苍苍。绿筠尚含粉，圆荷始散芳。于焉洒烦抱，
可以对华觞。

　　首句跟白居易意思一致，不多说。韦应物担心炎凉变化，
来不及颁行政教。换个角度来看，官员无为，未必全是无能，
有些可能也是放权简政的结果。比如，农忙时节，百姓种田都
来不及，你却让他们去打仗，那还不如无为。

　　因此，我们不妨说，之所以官府里每天多闲暇，是因为这
个月开始，农民渐渐忙碌起来。农民忙碌起来，各种诉讼变少。
另一方面，官府也不滋生杂事。应该说，这是官民之间很好的
默契。从这方面来说，韦应物算是爱民之官了。

　　他高居无忧，却还挂念田间地头，那些耕耘的百姓们，如
何抵挡这炎热的天气？韦应物似乎没想到好办法，但他心很大。
四处走走，散散心，也就抚平心中的担忧了。"亭午"就是中午，
中午最热，万物都静息避暑。韦应物却独自游览，欣赏那一方
池塘。

　　这家伙，大概是没有午睡的习惯。

　　这里无人，所以关着门，一片寂静阴凉。寂静是因为万物
静息了，阴凉来自哪里呢？原来是城墙边的参天大树，郁郁苍
苍，投下的浓阴。

　　"绿筠尚含粉"一句,《韦应物诗集系年校笺》《韦应物集校注》等都没出注,更不用说其他一般性的介绍文字了。

　　"绿筠"好理解,就是指碧竹。这个"粉"字不太好落实。

　　从后文的"芳"来看,应该也是名词,那就容易联想到花粉。

　　竹子也开花,不过,五十年一开,结出的竹米,在古人看来,就是凤凰的美食。这么难得的事情,也不排除被韦应物碰巧遇到的可能。

　　即便韦应物有幸看到,"尚"字也无法落实:开花就有花粉,什么叫"尚含花粉"?而且,竹子开花还有另一个结果,就是很快会死亡。在很多人眼里,"竹子开花"不是吉兆,这跟诗句传达出来的赏心悦目矛盾。

　　实际上,"粉"是"粉箨"的省略,跟"芳"是"芳香"的省略一致。"粉箨"就是指竹笋上的箨叶,带有竹粉,故称"粉箨",李商隐就写有"绿筠遗粉箨,红药绽香苞"的诗句。

　　李商隐写的是,竹笋已经脱落外壳,韦应物所写,则是竹笋虽脱落外壳,却还残留着竹粉。

　　民间俗云,"夏至吃三笋",其中一笋就是竹笋,可见夏至确实还有竹笋。

　　韦应物所写则是笋壳脱落,竹笋上还有竹粉。此类例子甚多,笔者也不敢说完全正确,欢迎诸君批评指正。

　　之所以写以上大段话,是想让读者明白,简单的语言背后,要查很多资料。

　　圆荷也是新荷,随着夏天到来,开始吐芳。在这里喝点小酒,真的可以洒脱心中的烦躁。这烦躁,大概就是诗前所说的

"所忧变炎凉"。

有学者指出，韦应物此诗可能写于他做苏州刺史的时候。白居易也做过苏州刺史，他在《和梦得夏至忆苏州，呈卢宾客》中说：

> 忆在苏州日，常诣夏至筵。粽香筒竹嫩，炙脆子鹅鲜。水国多台榭，吴风尚管弦。每家皆有酒，无处不过船。交印君相次，褰帷我在前。此乡俱老矣，东望共依然。洛下麦秋月，江南梅雨天。齐云楼上事，已上十三年。

"梦得"就是刘禹锡，白居易的好朋友，在白居易之后做苏州刺史。

为什么还要把这首诗寄给卢宾客呢？

卢宾客指卢同仁，他是刘禹锡之后的苏州刺史。白居易回忆十三年前，在苏州过夏至的情景。那时他常参加夏至宴会，席上有竹筒粽、子鹅炙等美味。竹筒粽是用鲜嫩的竹筒所包，特别清香。子鹅是名贵的食用鹅，色白且肥，肉味鲜美。用新鲜的子鹅烤出来的烤鹅，特别肥脆。既有这样的美食，如果天气热，也难吃下。

苏州属于水乡，有很多水上台榭，风过水面，凉风习习，胃口大开。更重要的是，苏州人还精通管弦乐器，演奏美妙的音乐，食指大动。

这些得天独厚的条件，让夏至这天的苏州，家家户户酒宴，处处船动飘乐。后来我卸任，你们（指刘禹锡、卢同仁）相继来做苏州刺史。如今，我们又一起在洛阳做闲官，一起回忆苏州岁月。是怎样的缘分让我们有这样相似的经历？

苏州此时大概正在经历梅雨天，我们这里却刚麦熟。天气迥异，时间久远，想起来真如一梦！到了南宋，洛阳已可望而不可即，那才真如梦幻泡影了。但吴地的习俗还在延续，夏至这天还要祭祀，摆宴。

土生土长的吴地人范成大，这天就在子孙的搀扶下，来到祭庙，自责自己多年没来祭祀，不算孝子贤孙。但却狠狠地夸了自己的子孙，他写道：

> 李核垂腰祝馂，粽丝系臂扶羸。节物竞随乡俗，老翁闲伴儿嬉。

这首诗很奇特，是六言诗。先写子孙腰间挂着装有李核的香囊，来给老人敬酒，祈祷他吃饭不被噎到。吃完饭要去祭庙，他们手臂上缠着粽子丝线，寓意健壮，来搀扶羸弱的老人。

这个老人，当然就是指范成大自己。

在夏至节这天，范成大随着乡俗，跟孩子们一起嬉闹。

古人总是这样严于律己，宽以待人。

离开南宋吴地，我们把目光重新对准唐代。元和八年（813年）夏至这天，跟白居易同时代的韩愈还有一个重要的任务要完成，就是送别刘师服。之前他已写过《送进士刘师服东归》，但刘师服并没有立即出发。

夏至这天，刘师服听见蝉声，决定动身，韩愈听闻他的决定，写下《送刘师服》：

> 夏半阴气始，淅然云景秋。蝉声入客耳，惊起不可留。草草具盘馔，不待酒献酬。士生为名累，有似鱼中钩。赍材入市卖，贵者恒难售。岂不畏憔悴，为功忌中休。勉哉耘其业，以待岁晚收。

"夏半"就是夏至，这时阴气萌生。

如果夏天来了，秋天还会远吗？

"客"指刘师服，他听到蝉声，惊慌地想要起身回家，留也留不住。韩愈无法，由于时间很急，只能草草地饯别。大概要赶路，所以也没时间喝酒。尽管没喝酒，酒话还是要说的。

韩愈爱才惜才，又写过"师者，所以传道授业解惑也"的名言，好为人师。眼看刘师服就要离开，他抓紧时间上课：

作为士子，生来就要为名所累，就像上钩的鱼一样，挣脱不开。可是抱"材"到市场上售卖，卖得贵的，常常难以卖出。

这个"材"，既指木材，也指才华。

这么浅显的道理谁不懂呢？为什么还有人不愿便宜卖呢？因为怕半途而废之后，再也卖不出高价了。希望你回去之后，继续深造，留心学业，不要轻易就把自己卖出去。这样虽然有可能收获得比较晚，但一定是丰收。

韩愈可谓是"爱生至深，则为之计长远"了。

连韩愈这样骨鲠之人，尚且在夏至这天有时光迁逝之感。

对于多愁善感的词人，那就更不能不一抒衷心了。

浙江人史浩是当时最厉害的浙江人，死后被封为越王。他最为后人乐道的地方，在于为岳飞将军平反。就是这样一个富贵至极的南宋人，写下《永遇乐·日永绣工》：

> 日永绣工，减却一线，节临短至。幸有杯盘，随分快乐，□得醺醺醉。寻思尘世，寒来暑往，冻极又还热炽。恰如个、脾家疟疾，比着略长些子。人生百岁，一年一发，且是不通医治。两鬓青丝，皆伊染就，今已星星地。除非炉内，龙盘虎绕，养得大丹神水。却从他、阴阳自变，卦分泰否。

这首词脱去一字，但不太影响我们理解全词。

由于夏至白昼最长，以后慢慢白昼变短，所以绣工们就减去一线。看见绣工们这么做，词人越发感到时间的无情流逝。所幸有美酒好菜，可以随时享用取乐，不妨喝得醉醺醺。在酒精的刺激下，词人开始思考时间。

他思量着，尘世间啊，都是寒来暑往，冷到极点就会变暖，慢慢又热到极点，周而复始。这恰恰就像患疟疾的人，脾慢慢肿大，比画着时间来生长。有生之年，脾肿大到疟疾爆发的时候，一年又过去。下一年到来，又是这样，治都治不好。

史浩当然没有现在的医学知识，但他能看出疟疾跟时间有关，把疟疾发病的过程写成生长，已非常难得，其实暗合了现代医学中疟疾因寄生虫（即疟原虫）引发的理论。

不仅如此，史浩还发现，两鬓间的黑发，也是时间染白的。

如今，两鬓星星，无处可染，按照盛衰转化的自然规律，是不是又要变黑了呀？遗憾的是，盛衰转化之理固然存在，却不是这样转化。除非炼丹炉内，龙虎盘绕，养出仙丹水银。炼出仙丹，长生不老，自然就能任时光飞逝，阴阳变化，否极泰来。神水就是我们现在说的汞，古人以为喝了可以长生，实际上有毒。很多道士因此致死，不但不能延寿，反而短命。

四时流转，自然规律不可强改，我们与其伤感，不如像陶渊明那样，纵浪大化中，不喜亦不惧。

顺应着二十四节气生活，享其天年，可矣。

永遇乐·日永绣工

日永绣工，减却一线，节临短至。幸有杯盘，随分快乐，□得醺醺醉。寻思尘世，寒来暑往，冻极又还热炽。恰如个、脾家症疾，比着略长些子。

人生百岁，一年一发，且是不通医治。两鬓青丝，皆伊染就，今已星星地。除非炉内，龙盘虎绕，养得大丹神水。却从他、阴阳自变，卦分泰否。

宋·史浩

小暑

小暑：简书畏·水菽欢

《礼记》云："仲夏，小暑至。"《群芳谱》："暑气至此尚未极也。"此时天气炎热，但还未进入最热时节。

小暑虽已天热，吹面之风已成温风，但总体来说，还不足以让人难熬。宋代诗人周行己就写道：

> 小暑三日热，重我忧躁疢。崇朝一雨洗，意气觉清紧。

尽管连热三日，让人烦躁痛苦，但早上来一场雨，也就意气清凉了。

周行己是程颐的弟子，据说长得特别帅，登第后，京师权贵想给他娶妻。没想到，这家伙很有原则，坚持未登第前的婚约，没有同意。后来，他的未婚妻双眼瞎了，周行己也没食言，依然迎娶过门。程颐听到这件事，感叹说："我三十岁的时候，也做不到这样。"

身为浙江温州人的周行己，都不把小暑放在眼里，那远在北方山西的元好问，更是不在乎了，他甚至写了一首《喜夏》，不仅不怕，还很喜欢：

> 小暑不足畏，深居如退藏。青奴初荐枕，黄奶亦
> 升堂。鸟语竹阴密，雨声荷叶香。晚凉无一事，步屧
> 到西厢。

在元好问眼里，小暑不可怕，躲在家里就像隐退。

"青奴"指圆筒形的竹器，抱着可以解热，现在拿出来，放在枕席上。

"黄奶"指书卷，据说，有人一看书就容易睡觉，比奶妈哄睡还管用，因书卷的纸是黄色的，就称书卷为黄奶。

躲在家里隐退，不必应酬，就有时间把书拿出来看。家附近也是好景象，竹阴浓密，看不见鸟影，却能听见鸟叫。来一场雨更好，打在荷叶上清脆圆润，这声音听起来似乎还带着荷香。晚上气温下降，无所事事，随意走到西厢，纳凉消食。

其实，小暑天气，也还适合做一些事的，比如怀人。

刘克庄的季子刘山甫要外出做官，刘克庄在小暑这天写诗给他，诗中说："微官便有简书畏，贫舍非无水菽欢。"

简书原指各类文书，"简书畏"是指害怕去处理无穷无尽的文书。

但是没办法，哪怕做一个小官，也有各类文书要处理。

"水菽欢"语出《礼记·檀弓下》："孔子曰：'啜菽饮水尽其欢，斯之谓孝。'"

"菽"指豆类，孔子说，吃着豆类粗食，喝着白开水，但是

人在父母身边，这就是孝。

刘克庄的意思很清楚，留在家里，哪怕粗茶淡饭，父子在一起，也很开心。

当然，刘克庄也不能不为儿子做长远打算，所以诗后又说："远书且问平安好，前哲曾嗟嗣守难。"我远远地寄书信给你，是为了告诉你，我很好，不用担心。以前的贤人就感叹地说过，要守住家业是很辛苦的。

这首诗的末句，刘克庄左右为难地说：如果忙完公事，暂时回家看看，也是一次小团圆。

刘山甫是刘克庄诸子中他比较喜爱的，后来刘克庄的文集就是刘山甫编的。

小暑之时，约二三好友一起喝茶写诗也是文人常做的事，晁补之就写了《和答曾敬之秘书见招能赋堂，烹茶二首》，其二说：

> 一碗分来百越春，玉溪小暑却宜人。红尘它日同
> 回首，能赋堂中偶坐身。

晁补之和曾敬之在能赋堂中喝茶，甚觉宜人。宜人到什么程度呢？两人在品茶中，仿佛遗忘时光，化为仙人。所以末句就在这种感觉上进一步想象：

有一天我们回首红尘，能看见两个偶然坐在能赋堂中饮茶的肉身。

这一方面是在说喝茶让人有遗世独立的感受，另一方面也

意在强调这次喝茶在两人生命中留下的痕迹之大，这是在感激曾敬之给他留下美好的回忆。

如果说宋人喜欢品茶的话，唐人就喜欢饮酒了。

古文运动的先驱独孤及，就写有《郑县刘少府兄宅月夜登台宴集序》。这篇序，《古今图书集成》误收在李白名下，原因之一可能就是写得太飘逸，很像李白的风格。

刘少府叫刘造，少府就是县尉，我们最熟悉的当数"送杜少府之任蜀州"的杜少府了。

独孤及在序中说，五月小暑到来，夜晚，刘造在城楼摆宴，邀请大家喝酒。是夜明月当空，大家一边在高台上眺望远近，一边在酒桌上纵论古今。这真是"高城古台，深夜朗月，芳樽良友，佳景胜事"，八美并存。

独孤及在序文末尾说：这样的情况下，我们大唐人怎能不写诗呢？快写快写！

可惜不知道最后结果如何，但不必遗憾，独孤及还真在小暑写过诗。这首诗名叫《答李滁州题庭前石竹花见寄》：

> 殷疑曙霞染，巧类匣刀裁。不怕南风热，能迎小暑开。游蜂怜色好，思妇感年催。览赠添离恨，愁肠日几回。

石竹花是笔者很喜欢的小花，花期很长，可以从春天一直开到秋天。

2017年6月20日，南京炎热，笔者偶然在绿化带上看见它们碎小的花瓣，迎着烈日盛开，深为感动，就写了一首小诗来赞美它们：

> 你的，卑微的
> 如你娇小躯体的，浓烈的，爱
> 于石竹的，成长的
> 花瓣的，边缘而日渐地
> 薄褪。像一个一个的，修饰语
> 从桥梁间溃散
> 奔腾的流水中，浪花
> 归于平静。蹲守在岸边的弃子
> 站起来，又缩回
> 迈向花桥的，天足
> 彼岸还不足以，践踏着爱
> 抵达。你根下的，潜流
> 细微、宽广、表浅、深邃
> 如果它永不干涸，为何你
> 索取，无多

独孤及似乎也在这一点上深受感动，他说石竹花不怕热风，能在小暑天盛开。不仅在百花凋零的时候冒暑盛开，而且还开得特别精致。红色的花瓣像朝霞染成，有质感的花片和花形，像是用刀裁出来的。

游蜂喜爱它的美色，所以纷纷拥来——这大概是独孤及的误会，百花都已凋谢，蜜蜂无处采蜜，这时石竹花像它们的救星一般，能不飞奔而来？怀有思念的女子看见石竹花这么美，相形之下，越发觉得自己受时间催逼，不断衰老。

末句归结到好朋友李滁州身上。看着你送来的诗，更增添我的离愁，一日之中九回肠。

石竹花生命力旺盛固然可喜，但更多的植物是平凡的，我们不能以石竹花的高标准要求每一类植物都这样——否则，石竹花又可贵在哪里呢？

其中，最受大家关注的植物，就是庄稼了。

庄稼缺少雨水，又在热天，很容易枯萎，所以很多人祈祷下雨。

当然，如果能够祈祷成功，不仅可以缓解庄稼的旱情，也可以让人身心俱爽。王之道就写有《和石守道喜雨》，诗序中说，夏天旱情一直蔓延到小暑。由于旱情严重，种下的各类庄稼，真正入土扎根的不到一半。旱情持续，田地干得裂开，连原本最低湿的秧苗都开始枯槁，更不用说其他作物了。这个时候，太守张仲交为民祷雨，没想到第二天就有云气，全城下了一场雨。紧接着，大雨到来，远近旱情都得解决。王之道欢忭若狂，情不自已，就写下这首诗。

发生旱情，不仅官员着急，有些心系天下的和尚也着急。

北宋名僧契嵩，因为主张融合儒家和佛教而出名。

我们知道，和尚出家之后，本是无父无母的，但契嵩却强调孝道，被人称为"一代孝僧"。

契嵩就写过《夏日无雨》，表达他对现实的关注：

> 山中苦无雨，日日望云霓。小暑复大暑，深溪成
> 浅溪。泉枯连井底，地热亢蔬畦。无以问天意，空思
> 水鸟啼。

他所隐居的山上久不下雨，僧人们天天盼望乌云。从小暑一直盼到大暑，盼得深深的溪水干得浅浅的。盼到井里的水都干涸了，菜地里没有一丝水，土都发烫，还是没有下雨。

契嵩不敢追问老天爷为何如此，只能默默地想念水鸟的叫声。

有人可能会说，契嵩啊契嵩，你天天只顾着山中，不管天下百姓，老天爷为什么要下雨养活你们这群人呢？

且慢，不要急着批判契嵩，他其实是由己推人，由山中而及天下的。

"水鸟啼"诗句下，他用小字注释说："俗谓水鸟啼，则天下雨焉。"

原来，他之所以期盼水鸟叫，不仅仅是为山中祷雨，而是为天下祷雨。

可能还有人要反驳：天下雨三字不是指天下都下雨，而是"下雨"连读，意谓老天下雨。

我们现在经常说"下雨"，古代"雨"有下雨的意思，所以不必在"雨"前加一"下"字。我们不能以今天的知识来理解古人的用语习惯。作为一个和尚，却心怀天下，应该获得人们的尊重。

宋词中并无直接标明小暑节气的作品，但后世却有。

明代写词写得最多的易震吉，就写有一首《临江仙·小暑》：

> 小暑啜瓜瓢，粗葛衣裳，炎蒸窗牖气初刚。无计遣兹长昼也，茗碗炉香。　　深院一垂杨，又闹鸣蜩，簿书堆案使人忙。何不归与湖水上，做个渔郎。

小暑的时候，吃西瓜解热，穿着粗葛布的透气衣裳。即便这样，也不过才抵挡得了窗外刚升起来的蒸腾暑气。

一天如此漫长，只会越来越热，怎么办呢？最好的办法就是宜静不宜动——喝碗茶，点根香。

但这是奢望，词人是个官员，不能因为天热就不处理公文。堆满书案的文书让人忙个不停，本来就没时间擦汗，燥热得很。院里的一棵垂杨树上，还有知了叫个不停，让人越发心烦。

词人对自己说，这官没法做，干吗不归隐到湖水之上，哪怕做个渔民也好！

易震吉同学，请不要冲动，这才是小暑，真正热的时候还没到呢。

临江仙 · 小暑

小暑啜瓜瓤，粗葛衣裳，炎蒸窗牖气初刚。无计遣兹长昼也，茗碗炉香。　深院一垂杨，又闹鸣蜩，簿书堆案使人忙。何不归与湖水上，做个渔郎。

宋 · 易震吉

大暑

大暑：人避暑·草化萤

《通纬·孝经援神契》："小暑后十五日，斗指未，为大暑，六月中。"《逸周书·时训解》："大暑之日，腐草化为萤。"中国大部分地区最热的时期，降水也较多，此时喜温作物生长最快。

假如要评选一个最火热的节气，非大暑莫属。

早在魏晋时期，人们就写下一系列的《大暑赋》，关键词就是热。

杨修、王粲、刘桢、陆机等，一个个文学史上响当当的名字都赫然在列。但要说写得最好的，还是曹子建《大暑赋》，其中写道：

机女绝综，农夫释耘。背暑者不群而齐迹，向阴者不会而成群。

大暑之日，热到什么程度？

女子热得不敢织布，男子热得不敢耕地。

农业社会，男耕女织是最理想的画面，但在大暑面前，烧成灰烬。此刻，人们只有一个想法：赶紧避暑。他们都不约而同地往阴凉处奔去。

杜甫很怕热，他在《毒热寄简崔评事十六弟》中，把大暑天气称作"毒热"，说：

> 大暑运金气，荆扬不知秋。林下有塌翼，水中无行舟。千室但扫地，闭关人事休。

书上不是说大暑时节，秋气暗生吗？

杜甫有点委屈：都是骗人的，长江以南的荆州扬州，根本就没有秋天的影子。人们都躲在林下阴凉处，水面上没有一艘船。家家户户都把地面扫干净——大概是直接在地上铺席取凉。为了保命，人们都闭关不出，各类活动都取消了。

我们现在的暑假，也大致差不多。

跟杜甫的严肃认真有所不同，北宋诗人黄裳则热中还能幽默一把，他说：

> 轻轻丝葛汗如蒸，空有云雷未见灵。安得此生长不老，岂能今日便忘形。谩摇纨扇终嫌倦，欲倒金罍却恐醒。赤脚踏冰疑未稳，且寻林下泛清泠。

身上穿着轻薄的衣服，却还是汗出如蒸。这时老天爷还开玩笑：天上布起乌云，雷声滚滚，就是不落雨。黄裳以其人之道还治其人之身，也幽默地回应：我好想长生不老啊，因为据说长生不老就能忘却身体。

如果能忘掉身体，那不就不会感到炎热了吗？加上"安得此生"，可见他是不信的；加上"岂能今日"，可见他的动机是为避暑。

幽默完，还得面对毒热的天气，怎么办？

古时没有空调，最多只能扇扇子，可是扇扇子手很累。或者干脆一醉方休，不省人事？好是好，但酒醒之后不会更难受吗？赤脚放在冰水中，头上热死，脚下冻死，恐怕不太稳妥。姑且去找找林中小溪，上有林荫，下有凉水，差不多可以避暑了吧。

大暑如此热，人人都想打赤膊，有些儒生"虽大暑必公服，终日以见诸生""居亲侧，虽大暑中夕，必严衣冠"，就成为令人侧目的美德了。

当然，并不是每个人都有机会闭门不出，就像现在，也不是每个人都有暑假。

其中有这么几类人，在当时人看来是比较辛苦的。一类是军人，不管热到什么程度，都要保家卫国。

与司马光、苏轼同时的毕仲游，就在诗中说：

> 墙湿生野蒿，檐低胁嘉树。凉飙屋上过，故以逃
> 大暑。念彼远戍人，荷戈事军旅。而我幸安宁，尚愧
> 林泉主。

大热天，万物疯长，墙边稍微湿润一点，就有野蒿破土而出。屋檐比较低，刚刚到达美树的腋下，言外之意，是在树荫下。

凉风又从屋上吹拂，人待在屋中，能较好地避暑。可是想起远方的驻防官兵，他们拿着武器保家卫国，我就感叹不已。回过头来想想，我虽比官兵幸运一些，但更幸福的还是徘徊在林下泉边的闲人。

另一类比较辛苦的是农民。大暑时节，用范成大的话来说，是"麦老枕水卧，秧稚与风战"，稻麦两种主要粮食作物都需要农民照护。一旦田地少水，就"水车竞施行"，没有抽水机，只能靠笨重的水车一点一点灌溉。

南宋末年大臣高斯得，写有一篇《宁国府劝农文》，讲四川和江浙两地耕种不同，但有一个共同点，都很辛苦。

盛夏时节，草木猛长，不仅是庄稼生长的关键时期，很多杂草也当仁不让。这时候就要除草——如今用除草剂，当时没有，只能人工拔除。

高斯得以四川农夫为例，深情写道：

> 及至盛夏，烈日如火，田水如汤，薅耨之苦尤甚，农之就功尤力。

此时烈日如火，田里的水晒得滚烫。农夫赤脚在热水里锄草，不敢有丝毫懈怠，因为一旦疏忽，杂草茂盛，就没收成了。

所以我们耳熟能详的《悯农》诗，就选取这个典型场景说："锄禾日当午。"

江浙这边种稻，比四川还多一道工序，叫靠田根。四川有都江堰调节旱涝，江浙一带则没有，常常有旱涝之灾，为了应对这些灾害，农夫们总结经验，摸索出靠田根之法，使秧苗的根扎得更深，抵御旱涝的能力更强：

> 苗既茂矣，大暑之时，决去其水，使日曝之，固其根，名曰靠田。根既固矣，复车水入田，名曰还水。其劳如此。

靠田根要选择在大暑的时候，把田里的水排干，让烈日曝晒，巩固其根。等到扎根既深，再用水车辛辛苦苦地把田里的水灌满。

正是因为农人冒着大暑靠田根，才有"苏湖熟，天下足"的谚语。

第三类辛苦的人是游子，泛指因种种原由不得不冒暑赶路的可怜人。

范成大有一首诗，诗题就叫《大暑舟行含山道中，雨骤至，霆奔龙挂，可骇》。他在大暑天乘船，路上暴雨骤至，电闪雷鸣，非常吓人，就写一首诗压压惊。这首诗用语比较难，就不引用了。大意是先写船前是乌云拦道，船后是雷声追击，不一会儿划出闪电，倾盆大雨瓢泼而出，把人的耳朵都震聋了，白天如黑夜，令人目眩。

讲道理地说，范成大应该憎恨这场暴雨，可他没有。因为他很快想起干旱的田地，本来需要农民辛苦灌溉，现在暴雨及时到来。经过这场大雨的洗礼，范成大感慨地说："遥怜老农苦，敢厌游子倦。"一想到农民因这场雨而欢欣鼓舞，我就不愿再讲大雨给游子带来的麻烦了。

陈著却不能不讲大雨带来的麻烦，因为淋雨的是他的爱子陈深。而陈深之所以冒雨，是为回家看望父亲。

注意，陈深是入赘的。陈著此时年事已高，又有生病的母亲。这首诗就叫《深出赘归省，再往妇氏家》，写得很长，我们选一段来看：

> 父子恩爱重，人生别离苦。惟汝善事我，我亦深爱汝。我年今七十，又有多病母。出赘非汝心，事有难直取。寸步安可离，而乃江山阻。忆昨汝归时，大暑走风雨。身如出水菱，淋沥带泥卤。

尽管入赘，陈深仍很挂念父亲，所以冒暑回家探看。陈著本来就为没给儿子创造条件而心愧，看见儿子冒暑回家，更是心疼。他回忆儿子回来的时候，是冒着大暑，顶着风雨。到家一看，整个人像刚从水里捞出来的，身上湿透不说，还有泥土和汗水结成的盐卤。

其实，大暑天辛苦的人很多，以上所举，不过其中一二。何况人生，岂止大暑辛苦，从来没有容易一说。

刘将孙就有这方面的感慨，他用大暑来比喻人间的趋炎附势，形象深刻。

至大元年（1308年），南宋遗民刘将孙写下《满江红·和李圆峤话别》。

虽然不能确定该词是否作于大暑，但词中有明确的大暑意思，我们一起看看：

> 南浦绿波，只断送、行人行色。虽只是、鹏抟
> 九万，天池春碧。鸾侣凤朋争快睹，鸥盟鹭宿空曾识。
> 到玉堂、天上念西江，今非昔。　　公去也，宁怀别。
> 人感旧，情空切。但岁寒松柏，相期茂悦。好在莫偿
> 尘土债，风流宁可金门客。俯人间、大暑少清风，多
> 炎热。

"南浦"指送别之地，绿波荡漾，送走行人。从"鹏抟九
天""天池""玉堂""天上"等语来看，李圆峤应该是升迁入朝。
升迁本是好事，"鸾侣凤朋"指朝中将要认识的新朋友。

"鸥鹭"则指朝堂之外的旧相识，这里形容之前的隐退生活。

升迁入朝虽好，但入朝之后，再回首，西江已不是之前的
西江了。

有什么大变化吗？最大的变化就是，你离开了西江，所以
连西江都不再是原来的样子，我还感怀什么离别。

言下之意，有点像我们常说的"为了一个人，选择一座城"。
可是，人情念旧，我又不能避免，只能任思念之情徒劳地啃啮
自己。只希望我们能像松柏一样后凋，活长久一点，还能在晚
年相约安度。让我欣慰的是，你升迁入朝，像东方朔一样大隐
隐于朝，总比做各地的地方官，疲于奔命，吃土喝灰，要好很多。

君不见，人间就像大暑天，到处是热衷之人，互相倾轧，
危险得很。

刘将孙并非危言耸听，但实事求是地看，也不乏冷眼之人。北宋名相李沆便是人间一道清风。

据李昌龄《乐善录》记载，李沆讨厌荣华利禄，世务从不放在心上。他居住的地方很简陋，一点也不在意。堂前药栏坏了，也不过问。李沆的妻子就告诫仆人，不要修葺，来试探他。结果李沆真的不过问，反倒是妻子沉不住气，问他："药栏不是你比较在意的地方吗，怎么坏了也不问问？"

李沆笑着回答说："这些小事，何足以让我动心？"后来有人想要修理府第，李沆不听。他说："我的俸禄很多，不时还有各类赏赐，要修理府第是不难的。问题在于，连佛家都认为这是一个有缺陷的世界，我又怎么能事事圆满、处处称心呢？"

传说，由于李沆不动杂念，逝世的时候，虽赶上大暑天，七天之后才入殓，也没散发腐气。

李沆这样内心清凉的人，正是应验了一句俗语："心静自然凉。"但这样的人毕竟是少数，总不能以李沆的道德境界要求所有人。我们多是凡人，凡人毕竟都有喜怒哀乐，这也不是什么丢脸的事。

南宋丞相京镗，就曾在词中大胆地抱怨。这首词叫《念奴娇·七夕》，词序说："七夕，是年七月九日方立秋。"作词是七夕夜，但七月九日才立秋，作词时还属于大暑时节：

扪参历井，恰匆匆三见，西州七夕。怪得骄阳回避晚，犹去新秋两日。天上良宵，人间佳节，初不分今昔。夜来急雨，洗成风露清绝。　　因为万里飘零，

君平何在，谁识乘槎客。插竹剖瓜休妄想，巧处那容
人乞。院宇初凉，楼台不夜，漫说经年隔。引杯长啸，
醉看天地空阔。

"西州"指四川，京镗此时正在四川任职。"扪参历井"既指
今夜的星光璀璨，也指匆匆的时光流逝。

算上这次七夕，我已经在四川度过三个七夕节了。今年的
七夕还比较热，原来距离立秋还有两日，节气还属于大暑。

七夕这天，织女牛郎在天上相逢，算是天上的良宵。人们
在七夕这天乞巧，也是人间的佳节。

一开始是不分今昔的——没法分，因为天上和地上的时间
轴不同。天上一日，人间千年。

夜里下过一场暴雨之后，暑气消退，更加风露清绝，凉爽
宜人。

"君平"指严君平，成都人，这里借指能吸引他的人。"乘槎
客"源于张华《博物志》，当时人认为银河跟海相通。

年年八月都有一个浮起的木筏来往于银河和大海之间。

海边住了一个人，胆子很大，就带着干粮爬上这个木筏，
乘坐木筏而去。后来的十多天，能看见各类星辰。越往后越恍
恍惚惚，不分昼夜。终于到达一个地方，宫中有很多织女，有
一个男子，在水边牵着牛。

词中的乘槎客是指自己。我万里来到四川，那些可以吸引
我的人在哪里？还有谁认识我？

这是在为自己羁留四川三年而不满。

"插竹""剖瓜"都是乞巧的习俗，心情不好的词人说：

你们都别妄想了，再怎么折腾，你们都是凡人，乞求不到织女的巧。

随着时间加深，凉气渐深，可是人们并没有因为词人的气话而停止乞巧。

如果说这还是对凡人发火，下面就更过分，词人开始不满牛郎织女了：

你们就不要抱怨每年才能见一次，每年能见一次不是很好吗？你们看看我，在这里三年了，都没见过一次（君王）！

词人发泄完，举起酒杯一饮而尽，长啸一声。似乎只有在喝醉的时候，天地才显得空阔。这仍是在抱怨清醒的时候，天地逼仄。京镗勇敢地说出自己的埋怨，可是我们读来，却不觉得他没教养。这或许与我们较有修养有关，但更重要的原因或许在于，他最终找到内心的平静。而这平静，如果不是尽情发泄出来不满，也不会有。

健康的心态，对于我们凡人来说，大概就是有发泄，有平静。

京镗后来被召回朝廷，官至左丞相。

念奴娇·七夕

扪参历井，恰匆匆三见，西州七夕。
怪得骄阳回避晚，犹去新秋两日。天
上良宵，人间佳节，初不分今昔。夜
来急雨，洗成风露清绝。　因为万
里飘零，君平何在，谁识乘槎客。插
竹剖瓜休妄想，巧处那容人乞。院宇
初凉，楼台不夜，漫说经年隔。引杯
长啸，醉看天地空阔。

宋·京镗

立秋

立秋：凉飙行·万物实

《计然万物录》："立夏九十一日立秋，凉风行，白露降，万物始实。"《唐六典》："立秋之日祀白帝。"故陈著《次韵吴竹修立秋日》云："白帝来时赤帝归，年年流转不违时。"所谓白帝来时赤帝归，就指秋来夏去，万物开始成熟。

乾元二年（759年）立秋日，虽然天气入秋，诗圣杜甫却仍烦躁。他正在考虑要不要丢掉华州司功参军这个小官职。

思来想去，他决定用自己最擅长的方式做个了断。

于是，立秋后第二天，他写下一首罢官诗《立秋后题》：

日月不相饶，节序昨夜隔。玄蝉无停号，秋燕已如客。平生独往愿，惆怅年半百。罢官亦由人，何事拘形役。

从杜甫诗中来看，立秋成为他罢官的重要原因之一。

诗中说，日月如梭，从不饶人，转眼夏天过去，昨夜立秋。黑色知了虽仍在叫个不停，秋燕却已像客人，准备离开北方了。

我们遇到困难，犹豫不决的时候，常会有朋友提醒你："勿忘初心。"想想你的初衷是什么，也就能较好地做出选择。

杜甫也这样，他想起一生最大的心愿，就是"独往"，语出《庄子》："江海之士，山谷之人，轻天地、细万物而独往也。"意谓逍遥自在的人生。

既然早就想自在逍遥，如今快五十岁，还惆怅、犹豫啥？

此时杜甫四十八岁，对一个唐代人来说，半百不是意味着人生过一半，而是一生的尾声。

现在还不追求逍遥，以后还剩多少日子？于是，杜甫在立秋后的第二天做了个重大的决定：罢官。

他向陶渊明学习，"既自以心为形役，奚惆怅而独悲"。

这里有个小问题，"罢官亦由人"的"由人"，是由别人还是由自己？

有些学者认为杜甫是被罢官的，这就误解了诗意。

如果是被罢官的，杜甫这首诗还有什么好"惆怅"、好犹豫的？还要说什么"何事"？唯有是自己做决定，才会左右摇摆，需要用理由来说服自己。从此后，用他自己的话来说，就是开始了"漂泊西南天地间"的日子。用史书的话来说，日子艰苦到甚至需要"负薪采橡栗以自给"，没吃的，就采野果充饥。

在今人的描述中，邓红梅女士的话最生动，她说：

"然而他自知没有陶渊明的园田可隐，故园荡尽，不足以养活口，京师物价昂贵，也不可能是他的寄迹之所，他将像一只无家的燕子，一个时间的过客。"

杜甫这只燕子，在这个秋天，开始南飞。

于是，文学史上有了众多杰作，其中包括《秋兴八首》这样震古烁今的作品。

这就足以让我们感谢立秋。

连诗圣杜甫都无力抗拒秋天带来的思绪，其他诗人更如此。其中，白居易是比较典型的代表，他不仅在立秋白天写，晚上也写。白天写的叫《立秋日登乐游园》：

> 独行独语曲江头，回马迟迟上乐游。萧飒凉风与衰鬓，谁教计会一时秋。

此时白居易五十岁，自言自语地独自在曲江边行走。大概心情没有因此舒展，白居易就跨马去乐游原试试运气。曲江和乐游原都是当时的名胜之地。

按道理来说，游玩总是让人高兴的，白居易却快乐不起来。原因在后两句，凉风萧飒，吹拂着衰发。

白居易心里很不爽：为什么头发和凉风要一起入秋呢？怪不得他从曲江跑到乐游原，都没用。凉风到处都有，怎么躲得掉？头发更是长在自己身上，任你七十二变，也摆脱不了。

晚上的诗主要是怀人，如《立秋夕，有怀梦得》《立秋夕，凉风忽至，炎暑稍消，即事咏怀，寄汴州节度使李二十尚书》等。

这些诗中有悲有喜。悲者如"夜茶一两杓，秋吟三数声。所思渺千里，云外长洲城"。夜茶不敢多喝，一两勺足够，怕喝多了失眠。

"秋吟"指秋夜吟诗，吟哦几遍，想起所思之人远在千里，意绪颇为低落。

喜者如"但喜烦暑退，不惜光阴催"。

立秋后凉风吹拂，暑热消退，虽然明知时间流逝，也感到高兴。这看似与《立秋日登乐游园》矛盾，实际上并不。

登乐游原时，白居易才五十岁，正处在转入暮年的适应期。到写"但喜烦暑退"的时候，是六十五岁，已适应暮年生活，心态更平和。

秋天到来，容易勾起人们的衰老之念，但对万物来说，却迎来丰收。

曾跟宋徽宗一起被金兵押解北上的曹勋，写过一本《北狩见闻录》。说是北狩，这是客气话，实际上就是靖康之乱后被抓到北方的见闻录。

他就写过一首《山居杂诗》，表达丰收的喜悦：

> 今岁立秋早，便觉驱探汤。虽有正午热，已觉中夜凉。麻豆率房角，早禾亦上场。吾心喜可知，纪实藏诗章。

"探汤"比喻炎热，今年立秋来得早，驱散暑气。即便正午还很热，夜中已经感觉有点凉。房角挂着麻豆，场上晒着早稻。刚入秋天便有这样丰盛的收获，是秋天大丰收的好兆头。我心里很欢喜，把这些事情如实地保存到这首诗歌中。

曹勋没想到，丰收固然可喜，但也不能高兴太早，因为还要交税。如果是丰收，即便交税，也还可以接受，最怕丰收不了，还要催缴。

嘉熙三年（1239 年），立秋第二天，薛嵎写有《己亥大旱，官催秋苗甚急》：

> 立秋才一日，期会到林泉。已悟征苗意，曾吟喜雨篇。饥锄山草尽，渴汲井泥坚。闻道邻州牧，忧民夜不眠。

薛嵎这个人久考不中，立秋后就想隐居林泉。这年秋试，他又落榜，所以在《秋试下第有感》中说："此日便为终隐计。"

那他为什么一直考到四十五岁，终于考上，都不隐退呢？从他写"忧民"两个字就可以看出来，他是想有所作为的。他知道秋收对于百姓来说意味着什么，所以曾经为下雨缓解旱情而写诗，如今入秋，又为官府催税而写诗。

这些可怜的百姓，他们自己饿到把山上的草根吃完，井里全是泥，想喝水也没有。这样艰难的处境下，官员仍然忍心催税！听说邻近州的太守，为百姓担忧得夜不能寐。

这是不是爸妈们口中老说的"别人家的孩子"怎么怎么好呢？

从诗意来判断，不管真假与否，都是为了相形之下，希望本州太守也有所为，有所不为。

范成大也写过很多担忧秋收的诗，如《秋雷叹》《七月十八日浓雾作雨不成》等。

由此可见，秋天歉收是常态，丰收才少得可贵。相对于诗人们的心忧天下，词人更多把关注点放在个体感受上。

我们来看看立秋后第一天,词人会想些什么。

张镃是张俊的曾孙,张俊是与岳飞齐名的"中兴四将"之一。据说,张镃家的园池、声妓、服玩在天下都是数一数二的。立秋第二天夜里,天还很热,他夜不能寐,就写一首《鹊桥仙·立秋后一夕》:

> 暑云犹在,澄空欲变,入夜徘徊庭际。新秋知是昨宵来,爱残月,纤纤西坠。　芭蕉老大,流萤衰倦,静里细观天意。轻风未有半分凉,奈人道,今宵好睡。

暑气还在,以为澄澈的天空会变天,入夜后就在庭院中徘徊,等待。

昨夜才进入新秋,一直没变的澄澈天空上,一轮残月纤纤细细,往西坠落,惹人怜爱。院里的芭蕉老大,空中飞舞的萤火虫日渐衰老疲倦,看似有变。我在静谧的夜空中仔细观察天意。这里的"天意"指天气变化的蛛丝马迹。吹来的轻风,没有半分凉爽,又似没有变化。无奈的是,人们都说今夜终于可以睡个好觉。

张镃在立秋后的第一天,观察天气变化,最后得出一个失望的结论:

确实有微小的变化,但天气炎热这一点,没改变。

绍兴五年(1135年)立秋的第三天,陈与义看到荷花繁茂如夏,写下一首《虞美人·扁舟三日秋塘路》。

立秋第三天尚且还是夏景,张镃确实是有点心急。

陈与义看见的不是孤证，范成大在立秋后第二天也看到繁荷，还写诗说"行人闹荷无水面，红莲沉醉白莲酣"，真是荷花烂漫。

荷花之所以让陈与义激动，是因为他去年曾错过。

词序中说，绍兴四年（1134年），他由礼部侍郎出任湖州太守，那时已到秋末，荷花都已凋零。今年因病从朝中隐退，居住在湖州下面的青墩镇，才立秋后三日，一路上，船的前后都是荷花，一望无际，像朝霞映照。

陈与义很高兴，就写一首词来记录兴奋的心情：

扁舟三日秋塘路，平度荷花去。病夫因病得来游，更值满川微雨洗新秋。　去年长恨挐舟晚，空见残荷满。今年何以报君恩，一路繁花相送过青墩。

小舟在荷塘水路上行驶三天，平稳渡过荷花丛。我因病得福，才能来游览荷塘，恰好又遇到微雨过后，满川新秋，更加宜人。想起去年牵舟太晚，只看见满眼残荷。今年拿什么来回报君王（指宋高宗）恩准我病退呢？这一路繁茂的荷花一直把我送到青墩镇。

或许，在陈与义的观念里，这些荷花也是受到君王的恩泽才盛开。

不管怎么说，他写下这首词，就是在报答君王了。

一直到立秋后十天，天气才开始真的转凉了。

南宋词人卓田写有一首《品令·新秋》：

立秋十日，早露出新凉面。斜风急雨，战退炎光一半。月上纱窗，疑是广寒宫殿。　无端宋玉，撩乱生悲怨。一年好处，都被秋光占断。你且思量，今夜怎生消遣。

立秋已有十日，天气早已露出崭新的凉爽一面。斜风急雨过后，暑气已不足一半。月光透过纱窗，一片凉寒，让人生出身处广寒宫的错觉。那个悲秋的宋玉，真是无缘无故地扰乱心绪，萌生悲愁怨恨。

有什么好悲秋的呢？一年最好的时光，都被秋天占据。你与其悲秋，还不如好好想想，这么凉爽有月光的夜晚，应该怎么度过，才不算辜负。

卓田能够喜秋，跟刘禹锡"我言秋日胜春朝"有异曲同工之妙。但更多的人还是像宋玉一样悲秋，比如黄昇。黄昇这个人不参加科举，但在词史上有很大贡献，编有《花庵词选》。他自己也写词，写得还不错，这首悲秋之作叫《重叠金·壬寅立秋》：

西风半夜惊罗扇，蛩声入梦传幽怨。碧藕试初凉，露痕啼粉香。　清冰凝簟竹，不许双鸳宿。又是五更钟，鸦啼金井桐。

这个词牌名有些陌生，其实就是《菩萨蛮》，温庭筠《菩萨蛮》中有"小山重叠金明灭"，"重叠金"即取于此。

黄昇此词也是怨词，写得很隐晦。

半夜秋风变凉，罗扇被词人写活了，它像有感情似的，从秋风变凉中，感受到自己可能要被丢掉的命运，所以是"惊"。

秋扇的命运，常用来比喻女子被始乱终弃，所以"惊"字，也点出词中主人公的惊恐。

"蛩声"指蟋蟀，蟋蟀在秋天哀鸣，进入主人公梦中，传递着幽怨。

开头两句写得很隐蔽，总之，就是主人公半夜被西风冻醒，被蛩声叫醒。

"碧藕"指女子的手腕。她醒来，才发现自己满脸泪痕，就用初凉的水梳洗一番。

下阕开始，写主人公抱怨，但是她不敢直接抱怨心上人，就迁怒于竹席。

"簟竹"就是竹簟，指竹席，秋天到，竹席冷，人睡在上面像睡在冰上。

女主人公就抱怨竹席：你变得这么冷，存心不让鸳鸯双栖。实际上，是心上人离她而去，她却把责任推到竹席上，可见是不愿面对现实。

"五更钟"指凌晨，马上天亮，可见女主人公惊醒后就一直没再入睡。

"金井"暗示着大户人家，甚至可能是宫廷之中。

桐树在秋天落叶，乌鸦则在落叶的桐树上啼叫，越发让人感到秋意渐深。

要知道，秋风和蛩声已让女主人公梦中惊醒，坐到天亮。

现在桐叶纷飞，乌鸦啼叫，秋意更浓，可以想见，女主人公的煎熬更甚。

但黄昇很聪明，点到为止，任我们自己遐想。

重叠金·壬寅立秋

西风半夜惊罗扇，蛩声入梦
传幽怨。碧藕试初凉，露痕
啼粉香。　清冰凝簟竹，
不许双鸳宿。又是五更钟，
鸦啼金井桐。

宋·黄昇

处暑：溽暑伏·蝉饮露

《通纬·孝经援神契》："立秋后十五日，斗指申，为处暑。言溽暑将退伏而潜处也。"《月令七十二候集解》："处，止也，暑气至此而止矣。"气温开始下降，暑天即将过去。

从立秋开始，人们就在期盼暑气消退。

二十四节气中，把立秋后的节气命名为"处暑"，可知人们期盼之深。

处暑也不辜负人们的期望，曾跟陆游学诗的苏泂，就写下"处暑无三日，新凉直万金"。

"直"就是值，处暑后的凉气，价值万金，何其珍贵。

唐末诗人陆龟蒙，详细地描写处暑后的生活：

强起披衣坐，徐行处暑天。上阶来斗雀，移树去惊蝉。莫问盐车骏，谁看酱瓿《玄》。黄金如可化，相近买云泉。

可能是有些病恙，陆龟蒙勉强起来，披衣坐在床上。天气宜人，陆龟蒙坐不住了，在处暑天气下，缓缓走动。因为他的到来，原本平衡的自然界被打破了。

胆大的雀儿，争相跑到阶上，大概是跟在他身边觅食。胆小的鸣蝉，则一惊之下，飞到其他树上。

陆龟蒙在大自然的风光中，勾起伤心事。

"盐车骏"是指拉盐车的骏马，盐车应该让骡子来拉，骏马善于奔跑，拉盐车不能发挥特长。

陆龟蒙说"莫问"，可见骏马所象征的人才，流落在外，无人问津。

这里面是否也包含着他自己呢？

"酱瓿《玄》"典出扬雄，他写过《太玄》，可是没人看。那么这本《太玄》有什么用呢？可以拿来盖在酱菜缸上。加上"谁看"两字，说明陆龟蒙写出来的著作，也没人看。

总之，这两句告诉我们，陆龟蒙与世不合。

他有些失望，难怪前面说"强起"，可能是心病吧。既然不愿与世界合作，那就归隐去，但归隐需要田地，需要钱。

陆龟蒙在末句幽默地说，如果石头真能变成黄金，我就用黄金购买优美的地方隐居。

地域不同，处暑时的天气也有不同。

给宋代最大的诗歌流派江西诗派命名的吕本中，就写有一首《处暑》：

> 平时遇处暑，庭户有余凉。一纪走南国，炎天非故乡。寥寥秋尚远，杳杳夜先长。尚可留连否，年丰粳稻香。

吕本中祖籍山东莱州，世称莱州先生。

北方处暑时，天气已经转凉。

"一纪"指十二年，十二年行走南方，处暑之后还是炎热，跟故乡不同。秋天的凉爽还离得很远，但是漫长的秋夜却先到。

按道理来说，这样的南方不值得留恋。但吕本中一想到年年稻谷丰收，也就不觉得有怨言了。

不仅南北地域会影响处暑天气，地势不同也会影响。

两宋之交的张嵲，写有一首《七月二十四日，山中已寒，二十九日处暑》：

尘世未徂暑，山中今授衣。露蝉声渐咽，秋日景初微。四海犹多垒，余生久息机。漂流空老大，万事与心违。

诗题说处暑前五天，山中已经变冷。尘世的暑气还没有过去，山中已经开始准备寒衣。秋露降临，蝉声渐渐变得越来越少，秋天的太阳也不再像夏天那么炎热。我在山中熄灭机心已久，可惜四海还是寇乱频繁。漂泊之中，徒劳地老去，没有一件事称心如意。

可以想见，张嵲大概因为动乱而躲藏山中，本来生活就艰难，不想秋天还来得早，寒冷还来得快——苦苦等待天下太平，没想到等来更大的寒冷！

处暑这天，其实很尴尬，它既不像立秋那么截然分明，又

不像白露那么性质明确，因此很难调动词人的创作热情，留下
的词作不多。

其中清朝大臣查礼创作的《减字木兰花·嘶风饮露》，写得
还不错：

> 嘶风饮露，阑暑难消池上树。静极偏哗，要引诗
> 人泛若耶。　　孟家新样，鬓影闺中曾一仿。深院弦清，
> 莫怪琴声有杀声。

词序表明，处暑这天，大家在南溪集会，各自用秋虫为主
题吟咏，查礼抽到的是蝉。

在查礼的笔下，蝉是与风嘶鸣，渴饮露水。就算是暑末，
天气渐凉，也无法阻挡它在树上鸣叫。尤其在幽静之处，它越
要高声喧哗，似乎想要引诱诗人去若耶溪上泛舟。

"孟家新样"指宋哲宗的皇后孟氏，她在京城中的衣饰，喜
欢画双蝉。而且，闺中妇女也喜欢把两鬓梳得薄如蝉翼，称作
蝉鬓。

"琴声有杀声"又使用一个跟蝉有关的典故。

东汉时候蔡邕要去邻居家喝酒，走到门口，听见琴声里面
有杀声，就赶紧回去。

邻居问他为什么没来，蔡邕如实相告。弹琴的人就解释说：
弹琴时刚好看到螳螂捕蝉，所以如此。

下阕连用三个跟蝉有关的典故，是写诗词写不下去的时候
常有的套路。所幸查礼最后的典故，跟词的开头有一些关联，

故而不是太生硬：

你们这些蝉连秋气都不怕，所以就不要怪螳螂代表月亮消灭你们了。

但总体来说，没有太大的艺术价值。这里选用，一是为了填补没有处暑词的空白，二是为了减去我自己填词的麻烦。

当然，最重要的，还是反衬出宋词的珍贵。

减字木兰花·斯风饮露

斯风饮露，阑暑难消池上树。静极偏哗，要引诗人泛若耶。

孟家新样，鬓影闺中曾一仿。深院弦清，莫怪琴声有杀声。

清·查礼

白露

白露：罗袜湿·木樨香

《月令七十二候集解》："阴气渐重，露凝而白也。"我国大部分地区天气变凉。

白露这个节气有点特殊，它是以具体的景物来命名的节气之一。

这样的好处是，白露入诗词就比较容易，作为一种典型的物象，也能增加诗词本身的质感，历来诗人词人也喜欢用，并形成一系列的传统，比如李白的《玉阶怨》。

这个节气也有不好的地方，主要在于，它的节气属性让位给物象属性。导致的结果是，很多诗词中有"白露"，但也许写的不是白露天气。我们在分析的时候，尽量扬长补短。

诗仙李白，在男人世界中像活在云端，浪漫自信，代表着"盛唐气象"。回到女子世界，李白写出来的作品就很不一样，比如他的《玉阶怨》：

玉阶生白露，夜久侵罗袜。却下水精帘，玲珑望秋月。

玉做成的精美台阶上，白露随夜降临。

镜头不要一扫而过，给那个停留在台阶上的傻姑娘几秒。

她立得那么久，以至于降临在台阶上的白露，也一视同仁地降临在她的罗袜上。一点一点，白露锲而不舍地被罗袜吸收进去。直到罗袜饱和，白露的寒气抵达她的脚踝，她这才哎呀一声，回过神来。转身跑进屋内，放下水晶帘，抵挡白露的入侵。可是，这水晶帘，不仅挡住白露，也挡住月光。

世间万事，大概皆如此，你无法完全拒绝它的坏，也无法完全拒绝它的好。就像我们这个白露节气本身一样。

所幸水晶帘玲珑剔透，还是有月光洒进来。所幸傻姑娘并不是真的傻，她也很玲珑聪慧，隔着水晶帘缝隙，看那明亮的秋月。

一边是美好的月光，一边是入夜的寒露。

我们要么照单全收，哭着笑，笑着哭，要么就没心没肺，拒绝一切，不哭也不笑。

李白以一个谪仙人的身份告诉我们，还是笑中含泪地过吧。

这首诗对后世词人影响很大，我们不妨来看几首。

与李纲是好朋友的向子𝅘，本来是钦圣皇后向氏的堂侄，他是主战派，与秦桧不和。就是这样一个铁血汉子，在《秦楼月·虫声切》中却唱道：

> 虫声切，柔肠欲断伤离别。伤离别，几行清泪，界残红颊。　　玉阶白露侵罗袜，下帘却望玲珑月。玲珑月，寒光凌乱，照人愁绝。

秋夜虫声凄切，勾起伤别情怀，让人柔肠欲断。不觉落下几行清泪，弄花了妆。

下阕完全从李白诗中化出。只不过在诗意之后更进一步。原来诗意只说主人公主动探看秋月，以表达渴盼团圆之意。

从李白的角度来说，诗最终呈现的只是淡淡的忧伤。

向子谋则不同，词尾借助月光透过水晶，即月光经过水晶折射之后更加凌乱，更加寒光逼人，来表现出主人公纷乱的思绪。似乎这阵乱光反客为主，别有用心地照在主人公身上，使她无力承受。因此，整首词的绝望情绪，比李白诗更近一层。

至于这种程度的加深好不好，不同的人有不同的看法。

笔者个人觉得不是很妥当，以笔者的性格来说，也不喜欢这种刻骨铭心的记忆，宁愿挥一挥手，不带走一片云彩地选择性遗忘。

但从向子谋的角度来看，他们经历国恨家仇，有这样强烈的感受，也无可非议。

赵宋宗室赵崇嶓，在《归朝欢·翠羽低飞帘半揭》一词中也引用李白此诗：

> 翠羽低飞帘半揭。宝簟牙床凉似雪。窗虚云母淡
> 无风，隔墙花动黄昏月。玉钗鸾坠发。盈盈白露侵罗袜。
> 记逢迎，鸿惊燕婉，灯影弄明灭。　蜀雨巫云愁断绝。
> 罗带同心留绾结。交枝红豆雨中看，为君滴尽相思血。
> 染衣香未歇。夜阑天净魂飞越。正锁凝，一庭秋意，
> 烟水浸空阔。

鸟翼低飞，穿过半卷的帘幕而去。室内精美的床铺、席子，冰凉得像雪一样。

这既是实景的描绘，也是暗示着女子像秋天的席子，可能面临被疏远的命运。

窗外月光如云母般透亮，照得窗外景色越发空虚。淡淡地，没有一丝风动。这时隔墙的花儿却动起来，在黄昏的月光下，似有人来。于是女主人公头戴玉钗、耳垂鸾坠，偷偷出来查看。越来越浓重的白露浸湿她的罗袜，等的人没出现。只能回忆两人缠绵的往事，如惊鸿婉燕，灯光若隐若现。

如今，欢情已断绝，引来的只有愁闷。与愁闷一起留下来的，还有同心结、罗带等勾人眼泪的旧物。去看雨中枝叶相交的红豆树，雨点落在红豆上，仿佛我为心上人滴下的相思血泪。鼻尖飘过一丝香气，是为心上人熏衣时的气息。熏衣气息还在，人已不知踪影。难熬的夜晚快要过去，天空澄净，我的相思之魂似乎正在飞向心上人。正在为相思感伤而出神之际，看见渐亮的天色里，一庭院的秋意。迷茫的烟水在空旷中飘摇。

言外之意是，好不容易熬过一个离别之夜，却迎来整个感伤的季节。

从整首词来看，李白的诗，被赵崇嶓浓缩成一个场景。

与赵崇嶓不同，秦观的引用更入化境，他在《满庭芳·秋思》中说：

碧水惊秋，黄云凝暮，败叶零乱空阶。洞房人静，斜月照徘徊。又是重阳近也，几处处，砧杵声催。西窗下，风摇翠竹，疑是故人来。　伤怀！增怅望，新欢易失，往事难猜。问篱边黄菊，知为谁开？谩道愁须殢酒，酒未醒、愁已先回。凭栏久，金波渐转，白露点苍苔。

时间是暮色渐起，碧绿的秋水仿佛使秋天更加澄澈。日落染黄的云朵，颜色浓郁，刹那间给人仿佛暮色凝滞、不会日落的错觉。空空的台阶上，落叶到处凌乱。幽深的闺房，女主人公看起来安安静静。只有斜射进来的月光缓缓移动，像在徘徊。重阳节又要到了，到处都是准备寒衣的砧杵捣衣声。重重帘幕外，微风摇动翠竹，让人以为是心上人到来。

充满情绪的怀抱，为此增添了惆怅。新近的欢乐如此容易失去，往事更难猜测。

新欢故人连在一起，可能有的朋友会误解，以为女主人公过于淫乱。实际上，这里的新欢就是故人带来的，是指风摇翠竹、以为是故人来的、尚未发现是错觉之前的欢乐。女主人公看到金黄的菊花盛开，就问它为谁而开。菊花当然不能作答，女子也并非真的为了答案。她是在发愁：我这般如花容颜，又是为谁？

"殢酒"指醉酒，女主人公通过自己的亲身经历告诉我们：不要说酒能浇愁。因为酒醉还没醒来，愁绪却已捷足先回。醉又不能醉，愁又处处愁，这可如何是好？

秦观并没有指出答案，而是用一幅画面暗示我们。画中女主人公久久靠着栏杆，月光洒落，苍苔上挂着晶莹的白露。

表面来看，秦观这首词根本就跟李白诗歌无关。背后却大有关联，这最后一幅画的密码，就在李白诗中。

我们前面说到李白诗歌结尾，是把希望和痛苦对半分开。秦观词末却把代表希望的月光渐渐抹去，把代表痛苦的白露暗暗加重。

这一增一减之中，痛苦的深沉就不言而喻了。

白露除了李白诗中所构造、后人不断传承发展的怨情外，也有舒朗之处。这些舒朗有些来自佛教，如唐代诗人杨衡《题山寺》：

千峰白露后，云壁挂残灯。曙色海边日，经声松下僧。意闲门不闭，年去水空澄。稽首如何问，森罗尽一乘。

白露过后，千峰叶落，唯有山寺石壁上仍挂着残灯。凌晨，海边日出送来晨光，松下僧人已开始诵经。心意闲淡，门户洞开，一年好景离去，唯有秋水澄澈。我来山寺，本因有所疑惑，现在目力所及，无不具有禅意。这让我如何跪拜，跪拜之后又如何发问？森罗万象，都在一乘佛法之中。

确实，杨衡诗中所具物象，皆有禅意，笔者指出其中一个，朋友们不妨自己再去思索一下其他物象，看看有没有新发现。

比如第一句，白露过后，万叶飘零，一如世间万物，都在流转。只有山寺残灯依旧光明，如芸芸众生迷茫中的慈航。

这慈航前头所挂的明灯，无疑是佛法。杨衡通过佛法获得内心的舒朗。

说起秋花，不能不说菊花，唐代诗人独孤及就曾写"白露天地肃，黄花门馆幽"。

白露降临，天地一片肃杀，唯有黄菊盛开在幽馆深处。

除菊花之外，还有鸡冠花。苏轼的好朋友刘敞就写有《鸡冠花》：

秋至天地间，百芳变枯草。爱尔得雄名，宛然出陈宝。未甘阶墀陋，肯与时节老。赤玉刻缜栗，丹芝谢凋槁。鲜鲜云叶卷，粲粲兔翁好。由来名实副，何必荣华早。君看先春花，浮浪难自保。

刘敞在自注中说，鸡冠花要到白露以后越发红艳可爱，花瓣红得就像鸡冠一样。

秋天降临世间，百花都化为枯草凋零。我喜欢你的雄武的花名，好像你真的是宝鸡的后代。

"阶墀"指台阶，鸡冠花经常种在台阶边，生命力顽强。

刘敞想象着鸡冠花之所以生于斯，是不愿让台阶看起来简陋，所以自己盛开，为之点缀。

鸡冠花的生命力顽强还体现在，秋季已是一年岁末，它却不愿甘于衰败，勇敢绽放。

"肯"在古诗词中，常可理解为"不肯"。"缜栗"形容坚实细致，这里用来形容红玉一般的花朵。"丹芝"则用来模拟花朵的颜色和形状，它在秋天也不凋零枯槁。

接下来写鸡冠花的叶子鲜艳夺目，微微上卷。

"凫翁"就是雄鸡的意思，叶子衬托得鸡冠花璀璨鲜明，恍如一只漂亮的雄鸡。

如此看来，鸡冠花真是名实相副。

虽然开在秋天，有大器晚成的嫌疑，但一点也不遗憾，也不必早开。

你们难道没有看到那些要比春天开得还早的花朵吗？它们轻浮浪荡，最终连自保都做不到。

刘敞在写鸡冠花的时候，用了很多典故，但这不是此诗出彩的地方。这首诗好就好在，表面上写鸡冠花，内里却在写人，写人要像鸡冠花一样，不要轻易盛开，导致早早凋零，而要像鸡冠花那样厚积薄发。

秋天还有一类花盛开，就是木樨花。木樨花，可能有些陌生，其实是桂花的一类。

南宋人牟巘在《张氏学古斋唱和诗序》中介绍说：

木犀之名，出于近代……樛枝偃蹇，秋半始花，花过于枝，香过于花……此花盖晚遇，而翁犹恐孤芳老于涧边，欲采撷而佩之。士含芳抱洁，伏岩谷而不耀者，曾不得如此花之遭……张仲实氏学古斋前，一枝初吐，香气逆林。戴君师初，相率诸友，就饮花下。时适白露降之三日，天高气清，余暑辟易……

木樨花虽属桂花，被发现的时间并不早。它的特点是入秋以后才开花，花胜过树枝，花香又胜过花。

张仲实即张槟，是著名词论家张炎的族叔。

白露之后的第三天，他家学古斋前，一棵木樨花盛开，整个树林都能闻到花香。于是张槟的好朋友们就来木樨花下饮酒作诗，牟巘因为生病，没有参加，就写一篇诗序。

在牟巘的笔下，木樨花也被人格化，变成一系列晚遇的人才，甚至拿来对比，为什么木樨花最终能晚遇，而很多高洁之士，却终老岩谷！

词中豪士辛弃疾，则把目光转到花以外的蔬菜上来，其《行香子·山居客至》说：

白露园蔬。碧水溪鱼。笑先生、网钓还锄。小窗高卧，风展残书。看北山移，盘谷序，辋川图。
白饭青刍。赤脚长须。客来时、酒尽重沽。听风听雨，吾爱吾庐。笑本无心，刚自瘦，此君疏。

菜园里的蔬菜挂上白露，显得更精神。

好家伙，辛弃疾比"种豆南山下，草盛豆苗稀"的陶渊明能干！

碧水中，溪鱼自由自在——可还记得"子非鱼，安知鱼之乐"乎？

无论是蔬菜还是溪鱼，辛弃疾同学都不是光用来看的。他还要靠这些生存呢，所以这些既饱眼福，又饱口福。

可能辛同学自己也觉得可笑，就先自嘲一番：

我锄完菜地还要去网鱼钓鱼，这真是好笑。

辛同学觉得这些事好笑，并非是鄙视农夫、渔民，而是觉得自己本来所学是带兵打仗之事，如今却用来对付娇嫩的蔬菜，并"殃及溪鱼"，不免有些好玩。

"残书"不是指残破的书，而是指没看完的书。

干完农活，辛同学高卧在小窗边，任风帮他翻书。

辛同学看的书有一个共同点：都跟隐居有关。比如《北山移文》，讲的就是南齐时候，周颙和孔稚珪一起隐居在钟山。不久，周颙就应招出去做官，后来因事要路过钟山。孔稚珪就假托钟山神灵，写《北山移文》指责周颙，不允许他再入钟山。

说白了，这是在讽刺那些假隐士。

不过，孔稚珪后来也出山做官去了。

唐代李愿，是韩愈的朋友，因为不愿同流合污，所以打算归隐。盘谷在太行山，韩愈就写《送李愿归盘谷序》一文饯别。

辋川是王维的隐居之地，"辋川图"据说就是王维隐居时所画。

辛同学为何这么喜欢看与隐居有关的文字呢？当然是他在这些文字中找到共鸣，觉得自己过的生活也如隐居一样。

"白饭"指没有菜的饭，一般给仆人吃，"青刍"指喂马的青草。

"赤脚""长须"是仆人的装扮，有的仆人没有鞋，有的仆人胡子很长。

这些看似粗鄙的乡村生活，因为辛同学的隐居生活，而变得颇有诗意。因为据上阕所写，辛同学吃的也是粗茶淡饭。主仆之间，食用的水平差别不是很大。

那么来客人的时候怎么办呢？这也难不倒辛同学。

他赶紧吩咐仆人：去买些酒来招待客人。

这里值得注意"重沽"二字，这是在说家里清贫自己从不喝酒呢，还是说酒都被自己喝完了所以需要重新去买？

笔者倒还想提供第三条思路：

这样惬意的田园生活，根本就不需要酒，所以客人来时，只好重新去打酒。

如果这也是一条不错的思路的话，那么后面"吾爱吾庐"就好理解了。无论刮风下雨，无论生活上的风风雨雨，住在这里，我都很快乐。

"此君"指竹，王羲之的儿子王子猷，很会刷存在感。他昨天在朋友圈里发消息说：雪夜访戴，乘兴而来，兴尽而返。今天又发朋友圈：搬了新住处，赶紧种上竹子，"何可一日无此君"！于是，此君就成为竹子的代名词。

辛同学这里玩了一个拆字游戏：

"笑"字上面是竹字头，竹子空心，所以说是"笑本无心"。

"刚"是指竹子很坚韧，竹子跟树木相比显瘦，所以说"刚自瘦"。这里也是指辛同学自己很瘦——天天粗茶淡饭，想胖都难。

"疏"指上疏，引申为说话或写文。

辛同学模仿孔稚珪的手法，让竹子来写疏，表达看法。这样一来，上阕"笑先生"的"笑"就有着落了：原来是竹子在笑辛同学。

白露降临，秋天已到，辛同学还能这么舒朗自如，靠的就是竹子一样不怕风雨、四季常青的本领。

与严羽齐名的严参，也写有白露时节想要隐居的词《沁园春·自适》：

　　曰归去来，归去来兮，吾将安归。但有东篱菊，有西园桂，有南溪月，有北山薇。蜂则有房，鱼还有穴，蚁有楼台兽有依。吾应有、云中旧隐，竹里柴扉。

　　人间征路熹微。看处处丹枫白露晞。况寒原衰草，牛羊来下，淡烟秋水，鲈鳜初肥。自笑平生，颓然骨相，只合持竿坐钓矶。都休也，对西风无语，落日斜晖。

开头连用两个"归去来"，妙！

都说回去隐居，回去隐居啊，去哪里隐居呢？后面连写想象中隐居地的环境，几乎把白露时节的景物都写尽了。有菊花桂花，有月光照南溪，有野薇在北山。渴饮南溪水，饥餐北山薇。

严参把隐居时候的吃喝问题都想到了。可是究竟有没有隐居的地方呢？

从全词来看，大概是没有。

严参很快从"夸夸群"中得到鼓励：虽然你没有隐居的地方，可是你有自己啊。

词中说，蜜蜂有蜂房，游鱼有洞穴，蚂蚁有楼台一般高耸的蚂蚁窝，野兽也都有自己依赖的藏身之地，这些难道都是别人为它们准备的？

还不都是它们一草一木自己动手做出来的！严参从万物习性中得到启发，于是决定"自己动手丰衣足食"：

像我这样想要归隐的人，肯定会有烟云缭绕、竹林依傍、柴扉装扮的茅草房的。

解决隐居地的问题，接下来严参屁颠屁颠地准备出发了。

世间道路正晨光熹微，能看见到处都是红枫，枫叶上的白露都被晨光晒干。寒冷的原野上，衰草连天，牛羊回到家里。秋水上升起淡淡烟气，水中的鲈鱼、鳜鱼正是肥美的时候。

哎呀，笔者都迫不及待想要看严参上路了。

这时，他话锋一转：可笑我一生啊，骨骼如此瘦弱颓废，真的只该坐在钓鱼石上垂钓。本来还觉得他蛮想隐居的，听他这么自嘲一下，好像还想在隐居前干番大事！

想要做官攒钱，买几头牛羊之后再去隐居？还是又想要隐居，又想要天天吃鱼吃肉？所幸，他很快压住尘心，长叹一声：都算了吧。把一切都放下吧，无言地站在秋风中，落日西下，余晖尚在。

不知道严参最终隐居没有，笔者只想对他说：

要去就快去，再不去，太阳都落山了。

严参跟辛弃疾一对比，人格境界就高下有别了。

尘世间，辛弃疾这样境界的人毕竟不多，也正是因为少，才可贵。

白露时节，对于常人来说，还是伤感居多。

吕本中就写道"岁云秋矣风落山，白露应节衣裳单"，语带辛酸。连一向超脱尘网的僧人，有时也未能免俗。

我们熟悉的僧仲殊，就写有一首《南柯子·忆旧》：

十里青山远，潮平路带沙。数声啼鸟怨年华。又是凄凉时候在天涯。　　白露收残月，清风散晓霞。绿杨堤畔问荷花：记得年时沽酒那人家？

僧仲殊其实感情很细腻，不太适合做和尚。但他早年放荡不羁，差点被自己的妻子毒死，所以心灰意冷，落发为僧。

他在这首词中回忆往事，是不是就在回忆这些事呢？

我们无从知道，还是从词本身出发来看吧。

从词中的"青山""啼鸟""绿杨""荷花"来看，当是春夏季节，不是白露时节。

那为什么还要分析这首词呢？因为作者心有牵挂，回忆所及，春夏之景，无不染上白露秋意。

先写词人在赶路，青山远在十里之外，潮水退去，沙子却还留在原来涨潮的地方。

这多像时间逝去，记忆却像沙子一般搁浅在脑海。如今这些沙子留在路上，让赶路的词人更加难走。

这多像心中有牵挂，让修行之路变得更复杂。啼鸟在不停地鸣叫，词人听来，仿佛也在埋怨年华易逝。又到凄凉时节，我独自行走在天涯。一个"又"字，不动声色却有声泪俱下的冲击力。

凄凉时候跟白露一样，都是心中情所幻化出来的眼前景。

实际上，春夏正是草木茂盛的时节。露水也绝不是白露。可是词人既然这样说心里好受一些，我们也就不必苛求。

露水过后，残月落下，清风一起，朝霞吹散。词人站在绿杨堤边，傻傻地问荷花：

你可还记得以前买酒路过这里的那个人？

词人这样问，当然是希冀荷花能够认出眼前这个提问的人就是那个问题的答案。可他没有想到，就算去年的荷花记得，今年的荷花也不知道啊。

同样是荷花，却是不同年份的荷花。

2019 年的雪碧，和 1982 年的雪碧，都是雪碧，但是一样吗？

词人这样说，是不是真的忽略这个问题呢？笔者觉得可能跟佛教的轮回思想有关。荷花本来就是佛教重要坐具——莲花座。在佛教中荷花如此重要，与它本身的高洁有关。

或许在词人眼中，荷花也有前世今生，轮回不息。那么当词人如此一问，他实际上并不是在问一个简单的问题，而是在叩问终极真理。

荷花变了什么，不变的又是什么？

同样的，我们每个人在时光中变与不变的各是什么？也许一切都是假象，都是幻觉，连这首词也是词人的一个游戏而已。

僧仲殊最后自杀，不知道跟这类终极问题是否有关。

面对这样的追问，笔者觉得唯一能幸免于难的答案就是：

对抗时间的，唯有记忆。而记忆，往往需要文字记录，像《追忆似水年华》那样。

行香子·山居客至

白露园蔬。碧水溪鱼。笑先生、网钓还锄。小窗高卧，风展残书。看北山移，盘谷序，辋川图。

白饭青刍。赤脚长须。客来时、酒尽重沽。听风听雨，吾爱吾庐。笑本无心，刚自瘦，此君疏。

宋·辛弃疾

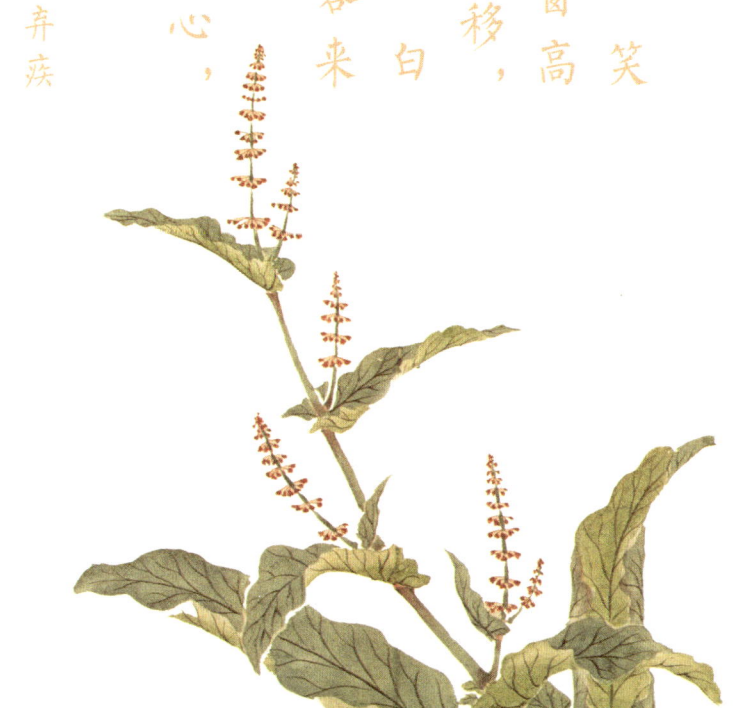

秋分

秋分：暮霭寒·蟾光满

董仲舒《春秋繁露·阴阳出入上下》："秋分者，阴阳相半也，故昼夜均而寒暑平。"此日阳光直射赤道，昼夜相等，又居于秋季九十天的中间。

说起秋分，最容易想起中秋节。

初，秋分时祭月，中秋与秋分无区别。

后，秋分时节不定，不常有月，无法祭月，于是祭月日期就固定在八月十五。

中秋节与秋分就呈现出偶尔重合、长久分离的态势。

所以尽管笔者收集一大堆中秋词，但能够用在秋分上的，只有一两首。因为百年之内，中秋与秋分恰好在同一天的日期，不过两三个。

这倒并不是说，秋分之夜就无法赏月。

熙宁三年（1070 年）的秋分日，北宋名臣韩琦就写道：

渐渐风清叶未凋，秋分残景自萧条。禾头无耳时微旱，蚊嘴生花毒渐销。钱逊嫩苔陈阁静，字横宾雁楚天遥。西园宴集偏宜夜，坐看圆蟾过丽谯。

清风渐渐，树叶虽未凋零，残阳西下，自显萧条。稻谷丰收之际，如果经历雨水，就会长出卷曲如耳形的芽蘖。

诗中说"无耳"，则没有雨水，这样微旱的秋日，最适合丰收。蚊子叮咬之后，皮肤上会红肿如花。如今秋分，尽管叮咬之后仍会红肿，毒性却小很多，不怎么痒了。一圈圈绿苔像铜钱，爬在旧阁壁上阶下，显得越发宁静。大雁排成一字形飞往遥远的湖北、湖南等处。夜晚在西园宴会真是适宜，因为这时可以坐看明月升过高楼。

南宋末人陈允平是宁波人，他有一位宁波老乡，也是诗人，叫潘玙。

秋分之夜，明月高悬，陈同学想起潘同学，就写诗表达怀念：

> 洛阳才解珮，过眼忽秋分。四海一明月，千山共白云。雁烟迷晓树，虫露湿香芹。满纸相思字，临风欲寄君。

我们才在洛阳告别，转眼就到秋分。一轮明月照耀四海，一片白云缭绕千山。

这里的"白云"，暗用"停云，思亲友"的含义。

大雁在晨树的烟水汽中迷路，昆虫被香芹上的露水打湿。纸上写满相思的文字，想要让秋风把它带到你那里。

尽管陈同学想让秋风做免费快递员的想法是不太现实的，但好歹还有一轮明月，映照两人的思念，运气不算坏。

南宋大臣曹彦约的运气就不太好，他写有一首《秋分后十日得暴雨》：

> 负固骄阳不忍回，执迷凉意误惊猜。倾盆雨势疑飞瀑，揭地风声敌迅雷。阶下决明添意气，庭前甘菊剩胚胎。可怜岁事今如此，麦垅蔬畦尚可培。

烈日有恃无恐，不愿消退，人们渴盼凉爽，正在惊恐猜疑间。这时倾盆大雨哗哗落下，恍如瀑布飞舞。风声刮地，声音比迅雷还要响亮。台阶下的决明子，经雨后更添生意。庭院前的甘菊苗，已经长出很多花苞。可怜一年的收成现在也就这样了，所幸麦田和菜园还可以继续栽培。

这一年到底经历了什么，曹彦约没有明说。我们可以猜想，大概不怎么如意。

还有更吓人的事情，另一位宁波人楼钥，曾写过《八月四日晚，霹雳碎大柳木》：

> 秋分雷自合收声，白露明朝忽震霆。怪得坐中惊欲倒，邻墙老柳碎中庭。

秋分已到，雷霆自当收声。不想第二天早上有白露，忽然传来一声炸雷，把座中的人们吓得差点摔倒——注意，坐着的人都要被吓倒，这雷声真的很大。

哦，原来不仅是雷声，还有柳树的碎片来袭。隔墙庭院中的柳树被霹雳击中，碎成万片。这简直就是一场恐怖袭击，难怪坐着的人也怕。

秋分这天，也不是每个人都想着赏月。黄庭坚的外甥洪炎，写有一首《秋分日偶成》：

> 洪崖山下一臞儒，碧玉岩边抱病夫。永日翛然无复事，人欺憔悴鬼揶揄。

他在秋分这天偶然写了一首诗，把自己看作瘦弱的儒者，抱病的人。

尽管如此，他还是整天无拘无束，无事可做。唯一麻烦的是，仆人有时候趁机欺他憔悴，连鬼也来戏弄他。

世间不存在鬼，这里的鬼，是指不知所以地被戏弄，就嫁祸给鬼了。

大诗人陆游，则在秋分这天感受到凄冷，他写道：

> 今年秋气早，木落不待黄。蟋蟀当在宇，遽已近我床。况我老当逝，且复小彷徉。岂无一樽酒，亦有书在傍。饮酒读古书，慨然想黄唐。耄矣狂未除，谁能药膏肓。

今年的秋天来得早，树叶还没有黄就飘落了。按日期来算，蟋蟀应该在屋檐下，可是突然就跑到我的床边。

据《国风·豳风·七月》说："七月在野，八月在宇，九月在户，十月蟋蟀入我床下。"

秋天到了，蟋蟀七月还在野外，八月跑到屋檐下，九月进到门户，十月才跑到床下。

蟋蟀尚且招架不住这样的冷秋，何况我这衰老之人呢，终究是要死去的，姑且在这世间短暂地停留片刻。

怎么会没有酒喝？身边也有书可以读。一边喝酒，一边读书，感慨地想起黄帝、唐尧的时代。唉，我都八十多岁了，怎么还这么轻狂，完全不把自己当老人，还畅想起黄帝他们！谁能有良药，把我这深入骨髓的狂病治好？

比起陆游，那些中秋跟秋分赶到一起，还有明月相伴的人，实在是太幸福了。

唐代诗人李频，写有一首《中秋对月》：

> 秋分一夜停，阴魄最晶荧。好是生沧海，徐看历香冥。层空疑洗色，万怪想潜形。他夕无相类，晨鸡不可听。

"阴魄"指月亮，秋分赶上中秋，这时的月亮最明亮。恰好在沧海上缓缓升起。我也就慢慢地看着它升到高空。月光照射下，高空仿佛洗过一般，天下一片银色世界，万千怪物都遁形而去。其他夜晚没有比得上今夜的。真希望早上不要有鸡叫，真希望这样的夜晚可以永存。

这样美好的景色，用北宋士人黄裳的话来说，真是"九十秋分今夜景，银色界中秋意静"。

最幸运的还是帮助司马光修纂《资治通鉴》的刘攽。他不仅遇到中秋和秋分同一天，而且还刚好是社日。于是刘攽用略显激动的手写下《八月十五日秋分，是日又社》：

> 秋分当月半，望魄复宵中。难得良辰并，仍将吉戊同。高楼连卜夜，浊酒任治聋。注想乘槎客，何如击壤翁。

这里的"月半"是不是特别触目惊心？怎么看，这个月半都像是个"胖"字。

这里月半的月，不是指半个月亮，而是指一个月中的十五。

秋分遇到八月十五，圆月在夜中放光，本来这就已经很难得了，更难得的是，还跟社日在同一天。

"卜夜"即卜夜卜昼，意谓不分昼夜地在高楼饮酒作乐。社日的酒喝下去，据说可以治疗耳聋。

刘攽就想，与其做个"乘槎客"，还不如做个"击壤翁"呢。

"乘槎客"前面说过，是比喻入朝做官。

"击壤翁"语出皇甫谧《高士传》：

> 壤夫者，尧时人也。帝尧之世，天下太和，百姓无事。壤夫年八十余而击壤于道中，观者曰："大哉，帝之德也。"壤夫曰："吾日出而作，日入而息，凿井而饮，耕田而食，帝何德与我哉？"

尧的时候，有一位击壤翁。帝尧之时，天下太平，百姓没有杂事。击壤翁年过八十，在道路中击壤而歌。看见的人都称赞，这是帝尧的功德之大，所以能让击壤翁八十多岁还这么快乐。击壤翁不乐意了，他说："我日出而作，日入而息，挖井喝水，耕田吃饭，帝尧对我有什么功德可言呢？"

这固然看似无功德，实际上却恰是大功德所在。君岂不闻：不打扰，是我最后的温柔吗？

相比后世君王，苛捐杂税多如牛毛，百姓忙不过来，哪还有心思击壤而歌？刘敞原来是想说，与其在不好的时代做官，还不如做个太平时代的百姓。

秋分遇上中秋，不仅是诗人喜爱的题材，也是词人写作的灵感。

有"临川二谢"之称的谢逸和谢薖，原是兄弟，又都写诗，关系很好。

谢逸在既是秋分又是中秋这日，写下一首《点绛唇·金气秋分》：

金气秋分，风清露冷秋期半。凉蟾光满，桂子飘香远。　　素练宽衣，仙仗明飞观。霓裳乱，银桥人散，吹彻昭华琯。

秋分这天秋气渐起，恰好赶上清风冷露的中秋。圆月光满，桂花飘香，一直传到很远的地方。

下阕使用了两个典故，如果不知道，就不太好理解。

杜光庭《神仙感遇传》记载说：

> 玄宗于宫中玩月，公远奏曰："陛下莫要至月中看
> 否？"乃取拄杖，向空掷之，化为大桥，其色如银。请
> 玄宗同登。约行数十里，精光夺目，寒气侵人，遂至
> 大城阙。公远曰："此月宫也。"

唐玄宗在宫中欣赏月亮，公远就邀请他去月宫。公远把拐
杖往空中一抛，化为一座银色的桥。唐玄宗走上银桥，一直来
到精光夺目、寒气逼人的月宫。

昭华琯则是另一个典故，葛洪《西京杂记》说：

> 高祖初入咸阳宫，周行库府，金玉珍宝，不可称言。
> 其尤惊异者……玉管长二尺三寸，二十六孔，吹之则
> 见车马山林隐辚相次，吹息亦不复见，铭曰昭华之管。

汉高祖刚进咸阳宫，看到很多宝贝，其中最奇特的就是昭
华琯。它有二十六个孔，一旦吹响，就能听到车马在山林间行
走的声音。一旦停止吹奏，这些车马声也都消失不见。这样一来，
下阕的意思就明白了。

谢逸想象着唐玄宗脱去外衣，换上白衣，走上公远的仙仗
桥，一直通往高耸的月宫。

等到霓裳羽衣曲唱完，银桥上的唐玄宗已经散去。

以唐玄宗的尿性来推断，那跳霓裳羽衣舞的杨贵妃应该也

在吧，如今一样云散。昭华琯也已吹毕，车马声消失。这些都暗示着月光如盛唐一般美好而短暂。

与谢逸的空灵飘逸有所不同，谢薖则写下《醉蓬莱·中秋有怀无逸兄，并示何之忱诸友》：

> 望晴峰染黛，暮霭澄空，碧天银汉。圆镜高飞，又一年秋半。皓色谁同，归心暗折，听唳云孤雁。问月停杯，锦袍何处，一尊无伴。　　好在南邻，诗盟酒社，刻烛争成，引觞愁缓。今夕楼中，继阿连清玩。饮剧狂歌，歌终起舞，醉冷光凌乱。乐事难穷，疏星易晓，又成浩叹。

此词写中秋之夜，是否是秋分，则需存疑。

谢薖从黄昏开始写起。远望落日青峰，如染眉黛，黄昏时的云霞点缀着澄澈的天空，入夜能看到青天之上，银河闪耀。上有一轮圆镜一般的明月高悬，提醒我们，又是一年中秋。

这样洁白的月色，可以跟谁同赏？我暗暗许下返乡的心愿，恰在这时，又听到孤雁在云中鸣叫。这多像孤独的我，没有堂哥相伴啊。我停下酒杯问月光，那个李白一样的堂哥，如今在哪里？要是他在这里，我就有酒伴了。

李白又被称作锦袍仙，写有"青天有月来几时？我今停杯一问之"的诗句。

这里谢薖把谢逸比作李白，可见其推重。从谢逸的词中可以看出，风格确实与李白的空灵类似。

下阕开始写他的南邻，即何之忱诸友。

幸好还有南邻，我们一起建立诗盟酒社，刻好蜡烛点燃，计算写诗的时间。一时间，大家纷纷写起来，争先恐后，热闹非凡。写完诗，我们举杯喝酒，酒入愁肠，忧愁得到缓解。

"阿连"指谢惠连，他是谢灵运的堂弟。这里把谢逸比作谢灵运，把自己比作谢惠连。

谢惠连写有《泛湖归出楼中玩月》。

谢薖说，今夜楼中，堂弟我要继续谢惠连的玩月之举。大口地喝酒，狂放地歌唱。唱完歌，跳起舞蹈，醉后月光寒冷，舞姿凌乱。为什么这么癫狂呢？因为欢乐的事情总是难以穷尽，而夜晚很快过去，迎来拂晓。如果夜里不尽情玩乐，岂不又成一场浩叹？

不知道谢薖有没有读到谢逸的《点绛唇·金气秋分》。当他知道如此想念的堂哥，却在想念随唐玄宗一起逝去的盛唐岁月，他会作何感想。也许他会扔下《点绛唇·金气秋分》，口里念念有词："想的不是我……"

这个可人、可爱又可怜的小弟弟。

点绛唇·金气秋分

宋·谢逸

金气秋分，风清露冷秋期半。凉蟾光满，桂子飘香远。

素练宽衣，仙仗明飞观。霓裳乱，银桥人散，吹彻昭华。

寒露

寒露：露乍冷·情难歇

《通纬·孝经援神契》"秋分后十五日，斗指辛，为寒露。言露冷寒而将欲凝结也。"《月令七十二候集解》"九月节，露气寒冷，将凝结也。"寒露后，大部分地区气温凉爽。

寒露时节，本来并非特别寒冷，有点名不副实。

曹彦约就写过一首《寒露日阻风雨左里诗》：

> 久谓热当雨，兹来归近家。露寒迟应节，天变勇飞沙。瓮白应浮酒，篱黄可着花。一江三十里，直欲问仙槎。

寒露这天，曹彦约归家路上遇到风雨。这本来不是一件好事，但由于马上要到家了，他心情好，不在乎。他反而很高兴。老说天热应该下雨，终于在我快要到家的时候下起来。

寒露节气虽然到了，但似乎还没感受到应节的寒气。只有风起云涌，天色突变，卷起沙土飞扬。在这样艰苦的归家路上，能够安慰他的是家里亲切的事物。

曹彦约想象着，白瓮酿出的美酒，黄篱边上开满花。

这个花，如果不出意外的话，应是菊花。

不要再去想这些啦，还有三十里水路就到家。可是风雨相阻，我实在等不及风歇雨停，好想去找来八月槎。这条可以通往仙境的船，应该不惧风雨，会直接把我送回去吧。

倒也不是说人们都像曹彦约，还是有不少人因寒露而感伤。与韩愈同年登第，却只活到二十九岁的李观，就在《授衣赋·穷秋之月》中说：

穷秋之月，寒露既降。阳精既衰，阴气初壮。川流清回，天宇寥旷。触物易悲，幽怀难状。

秋末的月份，寒露已经降临。阳气越来越衰弱，阴气开始繁盛。山川河流清澈回落，天宇之间显得辽阔空旷。面对秋天的万物，容易触发心中的悲伤。我心中最隐幽的情怀，实在难以描述。

李观是因病早逝，他的病是否也影响到他看世界的眼光呢？还是说他因为有些忧郁，所以容易生病？

与李观不同，陆游倒是真的生病了。

嘉定二年（1209 年），陆游去世的前一年。

陆游在立秋那天，膈上生病，直到接近寒露的时候才稍微好一点。

我们这位"心在天山，身老沧州"的硬汉诗人，尽管无法抵抗时光的侵袭和衰病的摧残，却依然努力拿起笔，写下这首诗：

独立溪桥看落晖，残芜漠漠蝶飞飞。从来泽国秋
常晚，叹息衰翁已衲衣。

老诗人独自站在溪桥上，眺望落日余晖。这最后的光芒，
显得如此酣畅。

以陆游敏锐的感受力，他不会不因此想到自身的命运，大
概也将如此。枯残的野草仍旧茂盛地生长，上面不时有蝴蝶飞
来飞去。

这些生机，似乎又让陆游的心绪归于平静。

江南水乡一直都是秋天来得比较晚。这时陆游长长地缓缓
地叹一口气：

可惜我这衰翁，在江南的秋天还没到来之前，就已经穿上
旧衣服御寒了。

"衲衣"可指僧衣，也指旧衣服，这里穿上旧衣服，说明陆
游年老不耐冷。

但是可别以为他真的老到写不动了。这才是这组诗的第一
首，后面还有十多首。

这个衰翁，在诗歌面前，永远年轻，永远热泪盈眶。

同样把诗歌看得很重的方岳，也跟陆游类似。

淳祐十二年（1252年），方岳生日那天，他写下《满江红·晓
傍苍崖》：

晓傍苍崖，滴寒露、研朱点易。五十四卦为归妹，
惟幽人吉。彼美人兮春上下，如吾徒者山南北。辨一生、

坚壁卧烟霞，诗无敌。　　人间世，胶中漆。功名事，刀头蜜。放乾坤醉眼，看朱成碧。曾共梅花相尔汝，尽教雪后无消息。莫怕寒、容易嫁东风，春狼藉。

晨起靠着苍崖，岩石上寒露滴下。

方岳借用这些寒露，研磨朱砂，然后用朱笔评校《周易》。

因为这次生日是五十四岁，所以方岳就翻到第五十四卦。卦名是归妹，只有"九二"爻辞说，有利于幽人。幽人就是指隐士，这里指自己。

那些热衷名利的"美人"，与春上下，可谓春风得意。像我们这样的隐士，喜欢住在南山北山，一生高卧烟霞，筑起坚固的壁垒阻挡世俗的污染，写出来的诗歌则天下无敌。人间的万物万事，都如胶似漆，紧紧联系在一起，无法剥离。其中跟功名有关的部分，都是在刀刃上舔蜜，得不偿失。

天地之间，放任醉眼，把大红色看成碧绿色。这是形容人间是非不分，指鹿为马。

据说当时邵武郡中，有廖姓恶人，杀人越货，无恶不作。

方岳上奏想把他们绳之以法，无奈他们用钱贿赂，惩罚书迟迟不下来。没办法，方岳作为地方官员，不能惩恶扬善，便上疏罢官而去。

这些亲身经历的恶事，是这首词最好的注脚。

但方岳并没有就此罢休，他越挫越勇。梅花象征高洁的品格，可是梅花喜欢开在雪中，春天一到，反而没有。

方岳曾与梅花非常亲近，彼此说话不用尊称，直接说"你怎么样"，而不用"您"。

梅花当然不能开口说话，这里是象征手法。

既然梅花总是雪中盛开，那么我上奏惩恶，虽然不成，也无遗憾。世人之所以看重大丈夫，不就在于能够在危难之际挺身而出吗？

末句似自我鼓励，不要害怕这些寒冷的恶势力。他们春风得意，轻易地就躲过法网。

君岂不见，那些春天的花朵容易盛开，也容易凋零吗？不过是剩下一片春色狼藉而已。

难能可贵的是，方岳尽管没有成功，却坚信这些恶势力都是纸老虎。

苏轼的好朋友李之仪，写过一首《千秋岁·和人》：

> 中秋才过，又是重阳到。露乍冷，寒将报。绿香摧渚芰，黄蜜攒庭草。人未老。蓝桥谩促霜砧捣。
>
> 照影兰缸晕，破户银蟾小。樽在眼，从谁倒。强铺同处被，愁卸欢时帽。须信道。狂心未歇情难老。

刚过中秋，又到了重阳节。寒露时节，露珠变冷，寒气将到。水中荷，寒冷的节气摧残着它的绿叶和花香。庭间草变黄，寒露挂在上面，如在积攒黄色的蜜。秋意渐深，万物渐衰，人却还年轻。

"蓝桥"指夫妻，既然人还年轻，身体素质好，这点寒冷不算什么，不必急着捣衣。

"兰缸"指燃烧兰膏的灯,照着人影,有点晕散。

"银蟾"指月亮,透过窗户看到天上一轮月亮还小。

即便月亮还没圆,却已经勾起词人的思念。

酒樽就在眼前,人却不在眼前,这酒该让谁来倒呢?喝不成酒,干脆睡觉。勉强自己铺好一起睡过的被子,忧愁地摘下欢乐时戴过的帽子。原来我以为我早已忘情,这番相思却在提醒我:

应该相信,只要你狂心犹在,情感就不会老去。它仍会在某个时刻,像一滴寒露落进砚台,让你不写一首词,不足以平复。

千秋岁·和人

中秋才过，又是重阳到。露乍冷，寒将报。绿香摧渚芰，黄蜜攒庭草。人未老。蓝桥谩促霜砧捣。照影兰缸晕，破户银蟾小。樽在眼，从谁倒。强铺同处被，愁卸欢时帽。须信道。狂心未歇情难老。

宋·李之仪

霜降

霜降：百工休·草木零

《通纬·考经援神契》："寒露后十五日，斗指戊为霜降……露凝结而为霜矣。"这时开始出现霜冻现象，黄河流域出现初霜。

据《月令》说，霜降之后，有"百工"之称的手工业者都开始休息。

这只是一种比较理想化的表述。

谁敢幻想，霜降以后就开始放假，不用打卡上班了呢？

景祐四年（1037年），欧阳修因为庆历新政的事情，被贬到夷陵做县令。

这年霜降时节，欧阳修新建一座小斋，还开凿一个地炉，高兴之余，写了一首诗。这首诗的题目比较长，叫《新营小斋凿地炉辄成五言三十七韵》。与这么长的诗题相得益彰的是更长的诗歌内容。本来不打算放在文中，因为会增加阅读难度。但是笔者有两个理由把它放在这里。

第一，能够把本书从头读到这里的读者，应该是有耐心的。读书使人进步，在读了这么多的内容之后，来一首长诗，不刚好自我检测一下吗？

第二，宋代诗人的创作，有个较为普遍的规律，就是"绚烂至极，归于平淡"。如果我们不读读他们绚烂至极的诗篇，对于看似平淡的诗篇，也无法深刻理解。

基于以上两个理由，笔者把原文引在下面：

　　霜降百工休，居者皆入室。瑾户畏初寒，开炉代温律。规模不盈丈，广狭足容膝。轩窗共幽窈，竹柏助蒙密。辛勤惭巧宦，穷贱守卑秩。无术政奚为，有年秋屡实。文书少期会，租讼省鞭挞。地僻与世疏，官闲得身佚。荆蛮苦卑陋，气候常壹郁。天日每阴翳，风飙多凛溧。衰颜惨时晚，病骨知寒疾。蛮床倦晨兴，篮舆厌朝出。南山近樵采，童仆免呵叱。御岁畜蹲鸱，馈客荐包橘。霜薪吹晶荧，石鼎沸啾唧。披方养丹砂，候节煎秋术。西邻有高士，辘轳卧蓬荜。鹤发善高谈，鲐背便炙煨。披裘屡相就，束缊亦时乞。传经伏生老，爱酒扬雄吃。晨灰暖余杯，夜火爆山栗。无言两忘形，相对或终日。微生慕刚毅，劲强早难屈。自从世俗牵，常恐天性失。仰兹微官禄，养此多病质。省躬由一言，无枉慕三黜。因知吏隐乐，渐使欲心窒。面壁或僧禅，倒冠聊酒逸。螟蛉轻二豪，一马齐万物。启期为乐三，叔夜不堪七。负薪幸有瘳，旧学颇思述。兴亡阅今古，图籍罗甲乙。鲁册谨会盟，周公象凶吉。详明左丘辩，驰骋马迁笔。金石互铿锵，风云生倏忽。容尔一开卷，慨然时拊忾。浮沈恣其间，适若遗声耳。吾居谁云陋，所得乃非一。五斗岂须惭，优游岁将毕。

都说霜降之后百工休息了，这只不过是说大家都各回各家，各找各妈。

毕竟，天气变冷，不能再在外面浪了。要用泥土把家里的窗户缝隙塞好，不让寒冷钻进来。可惜我被贬谪到夷陵，还没有一个比较温暖的地方可以避寒。思来想去，我决定建一个小斋。这个小斋面积不大，刚刚可以容下一人起坐，"审容膝之易安"嘛。还要再建一个小地炉，冷的时候可以取暖。

"幽窳"这个词有点不好理解，没有现成的解释。"窳"原本形容粗陋，这里与"幽"结成词，"幽窳"也就等于幽陋。

幽陋是什么意思呢？就是卑微，可以用来形容卑微而被埋没的人才，也可以是自谦。

无论是自谦，还是被埋没的人才，都指欧阳修自己。

原来，他喜欢坐在窗户边，所以自称幽窳。

窗外的竹林柏树，则似乎知道主人躲藏的心思，所以越发蒙密茂盛，像在帮助一样。

欧阳修为什么不直接用幽陋呢？没别的原因，就是觉得幽陋太直白，不够炫。这就是他早期写诗要追求绚烂的一个典型的地方。

回到诗歌，看到善于钻营的官员钻营得如此辛苦，欧阳修自愧不如。他唯一能做的就是谨守着卑微的官职，甘于贫贱。

读者朋友请注意，欧阳修这时憋着一肚子气，所以喜欢说反话。

没有道术，我在这里也没有什么可做的政事。所幸年成还不错，每个秋天都是大丰收。

这其实少不了县令欧阳修的功劳，但他就是憋着气，说话带刺儿。

由于无为而治，事情少，公文也没有积压在一起的机会。偶尔有些租税上的诉讼，我也尽量省去刑罚。这样一来，官职就比较闲，我也乐得一身安逸。何况这里又是偏僻的远方，跟别的地方没什么太多联系。唯一的问题在于这里的气候。

夷陵属于荆楚大地，地势卑下，常常是烟云弥漫，抑郁不开。天上的太阳常被遮蔽，冷风吹来让人感到寒冷。"浮云蔽白日"，常常用来形容君王被小人蒙蔽。

欧阳修表面在说夷陵天气，实际上又不露声色地伸出小爪子挠人。

这一年，欧阳修刚刚三十岁，他却说自己是"衰颜"和"病骨"，这不是为赋新词强说愁，而从一个侧面说明这次政治斗争给欧阳修带来的精神摧残很严重。

年时将晚，我的衰颜显得更惨；一身病骨，更容易得寒疾。由于身体不舒适，又不适应这里的气候，所以早上起来感觉很疲倦，甚至让人用篮舆抬着我早出，我也感到不舒服。

"篮舆"有点类似轿子，古代的一种代步工具。既然不太愿意出门，那就多待在家里吧。

说到这里，我们才恍然大悟，欧阳同学一直是在为自己建个小斋找理由呢。

小斋附近就是南山，不是要烧地炉吗？砍柴很方便。以前出门，心情不好，老是跟仆人发脾气。现在我有温暖的小斋了，也不出去了，自然不必再责骂他们。

"蹲鸱"指芋头，为了过冬，我准备了很多芋头。我自己吃苦一点无所谓，万一来客人了，可有什么好东西招待？

怎么没有？有楚地特产的橘子。

橘子当然不能当饭吃，欧阳修这是明摆着下逐客令！

我们不能责怪他，因为他还有重要的事情去做。

带霜的柴火一吹气，燃烧起晶莹的火光。石锅里的水，就开始啾唧啾唧地小声沸腾起来。

原来，他还要按照古方炼丹砂，顺应时节地用水煎苍术。据说，丹砂也好，苍术也好，都可以让人成仙。

这当然是欧阳修的玩笑话，他是在为自己下逐客令找个借口而已。

欧阳修也不是完全没有朋友，据他自己说，他西边的邻居就是一个高士。只不过这个高士啊，命运坎坷，住在简陋的草屋里。别看他贫寒至极，白发苍苍，却善于高谈。

"鲐背"是指皮肤像河豚鱼的鱼背一样，用现在的话来说，就是有些老年斑。

像他这样的老人，更适合到我这地炉来烤火。

果然，他经常披着裘衣过来取暖，也不时从我这里获得一些帮助。他就像西汉时期的传经老师伏生，我就像爱喝酒的略有口吃的扬雄。

巧合的是，伏生的学生中，就有一位欧阳生。那位欧阳生是不是欧阳修的祖先呢？

早晨的灰烬可以温暖我的酒杯，夜里的炉火可以爆烤山栗。

总之，我们相处得很融洽，有时候忘记形体，相对无言。在这炉火边一言不发，一待就待一整天。

读者朋友都知道，不熟的人坐在一起，如果不说话就会冷场。现在他们可以一天不说话，也不会觉得尴尬。这固然是说明他们关系很好，另一方面也是因为有火炉。炉火那么温暖，怎么会冷场呢？

"微生"指平生，平生仰慕刚毅之人，所以早年刚劲倔强不愿屈服。自从世俗牵绊后，常常担心自己的刚毅性格会丧失。幸好仰赖这微薄的俸禄，可以在这里休养我多病的身体。反省自己的行为，不过是孔子说的一个字：恕。

这可不是说欧阳修宽恕恶人，而是说对自己的行为表示谅解。

"三黜"指柳下惠，他做官，被贬黜三次，人家就问，您老怎么还不离开呀。柳下惠就说：我如果按照正道行事，去哪里不会被一再贬黜呢？

"无枉"即没有枉费，我也是为范仲淹仗义执言才被贬黜，与仰慕的柳下惠是同一类人。就算被贬谪，也没有遗憾。如果不是被贬谪到这么荒远的地方，我怎么会知道吏隐的欢乐呢？

"吏隐"指虽然做官，却像隐者一样，名利不挂于心。也是因为贬谪，我才能把欲望之心平静下来，保持住做官前的本性。这样的吏隐生活真的很好：有时面壁像和尚参禅，有时过度饮酒大醉，把帽子都戴反了。

"贵介公子"和"缙绅处士"指二豪，在我的醉眼看来，不过是轻如蟪蛉。而万物的道理，看似复杂，不过是一匹马就能讲清楚。

荣启期说他有三乐：生而为人，而且是男人，而且是能活到九十岁的男人。

嵇康说他做官有七个无法忍受的地方，这个比较多，感兴趣的朋友可以自己去看嵇康《与山巨源绝交书》中的内容。

"负薪"是指生病，因为吏隐的生活，使病能够快快好起来。病好之后干吗呢？欧阳同学决定重操旧业，把做官以前的学术事业捡起来，读书、著书。

书中可以阅览古今兴亡，身边的图书按照次序陈列着，我们跟着欧阳修的介绍一一来看：

"鲁册"指《春秋》，《春秋》中谨慎记载各国会盟之事。

周公姬旦则在《周易》爻辞中预言吉凶。

左丘明写过《春秋左氏传》，为文明晰犀利。

司马迁撰写《史记》，在书中驰骋文采，既是重要的史书，也是重要的传记文学作品。

他们所记载的历史事件，都如金石般掷地有声，如风云般变幻莫测。这样波荡起伏的书卷，等你一打开，尽管时因慨然而掩卷，但书中的内容还是难以忘怀。

欧阳修就是这样，在书中浮沉遨游，就好像能听见事情发生时的各种声响。

这些声响中，恐怕会有孔子的弦歌不辍，有项羽的霸王别姬，有金戈铁马，有尔虞我诈。

谁说我的小斋简陋？我在这小斋里的收获可是很多。

亲爱的读者朋友，回头想想看，欧阳修有哪些收获？既然有这么多收获，那我没有像陶渊明那样不为五斗米折腰，又何必惭愧？

言下之意是，我就是为了这微薄的俸禄而选择吏隐，没有弃官。在这间小斋中，我将优哉游哉地度过岁末。

从欧阳修在小斋中的各类事情来看，尽管霜降，他也没有闲着。

不仅欧阳修没有闲着，他的晚辈刘敞也在忙呢。

合肥县的江侯新建了一座县堂，这规模可比欧阳修的小斋大。江侯就请刘敞写一首诗，写一篇序，来记录此事。最重要的是，给新的县堂取个好听的名字。这点小事，对才华横溢的刘敞来说，自然不在话下。刘敞由小见大，开宗明义，循序渐进地说道：十个人组成的村落，人与人之间的是非曲直就数不胜数。更何况合肥这样的大县，县域百里，百姓有数万之众。百姓有望于上，官吏有求于下，互相之间，事情多如牛毛。何况合肥县的民风彪悍，非常喜欢打官司，棘手的事就更多了。如今却能处理好政事，而且还有充裕的闲暇，这是官吏有能力的成效。因此，我就想给县堂取名叫"效裕堂"。

"效裕"的含义在于夸赞江侯的才能，他既能让百姓富裕安暇，又能让自己有空闲。

正因如此，他才能卓有成效地建起效裕堂。

我把我的想法说给合肥百姓听，他们都觉得我说得有理。

写完序言，刘敞又写一首七言诗，诗意跟序文差不多，就不再说它了。

欧阳修是建筑小斋，刘敞这里是筑修县堂，虽大小不同，但都是在霜降时节破土动工，算是大同小异。

霜降时节还有其他活动，比如习射。

写词富有英雄气的叶梦得，就在九月十五这日，与诸客在西园习射。很遗憾的是，叶梦得因病不能射箭。

但这不妨碍诸客激烈地进行射箭比赛。其中一位将领，能够拉开强弓，连射三箭，箭箭穿心，观看的人无不大惊。叶梦得于是写下这首词，给诸客看，也算是弥补不能射箭的缺憾吧。昨夜刮起大风，今天开始有些寒意。词牌是《水调歌头》，内容如下：

> 霜降碧天静，秋事促西风。寒声隐地初听，中夜入梧桐。起瞰高城回望，寥落关河千里，一醉与君同。叠鼓闹清晓，飞骑引雕弓。　　岁将晚，客争笑，问衰翁：平生豪气安在？走马为谁雄？何似当筵虎士，挥手弦声发处，双雁落遥空。老矣真堪愧，回首望云中。

霜降之后，青天静谧。只有西风吹个不停，让人们不得不忙于秋事。

什么叫秋事呢？大概包括捣衣、丰收等等。不仅人要忙于秋事，动物也如此，比如昆虫的寒鸣，就隐隐地开始能听见了。

这类寒鸣，也不单单是昆虫，到了半夜，虫鸣静止，传来的声音则变成梧桐叶落。我起身在高城上俯瞰远望，关河寥落，一望千里。大好河山落入敌手，却无能为力，只好与朋友一醉方休。

这里需要注意的是，叶梦得在词序中明确表示自己因病不能射箭，那又为什么在词中描写昨夜大醉呢？一个病人，怎么还这么不懂珍惜身体？

可能的解释是，叶梦得的病，就是昨夜大醉导致的。把因果关系倒过来，就能理顺了。

早上半醉半醒之间，有人敲着小鼓吵闹不停。原来是大家骑马射箭，在那里开始练习。

霜降之后，已到岁末，诸客看到我因醉而病，有些憔悴，就笑着问我：

你平生的豪气如今在哪里？

你当年策马奔腾，又是为谁逞雄威？

据你自己所见，你觉得你跟筵席上的猛将相比，谁更厉害？

这个猛将，我们刚才都看到了，他挥手放弦，羽箭精准，能一箭双雕，把遥远天上的双飞大雁给射落下来。

以上这些话，都是诸客拿猛将与颇现衰容的叶梦得对比。

这些都是善意的调笑。

叶梦得连连点头说：你们说得对，我老了，真该感到惭愧。但我惭愧，不是因为我比不上这位猛将。

"云中"指云中郡，是军事重地，李广曾在这里抗击匈奴。我惭愧，是当我回首望向云中郡的时候，忽然想起，我老到再也不能奋勇杀敌了。

叶梦得是南宋初抗金斗争的重要参与者。当他这样说的时候，心胸狭隘的人很容易理解成个人之间的较劲。

这在叶梦得看来不值一提，真正应该较劲的地方，在比谁更能杀敌，更能为国。所以整首词都在为"回首望云中"做铺垫。

一个衰翁，尚且因为自己不再具备杀敌报国的能力而惭愧。那些箭术高超的猛将，却在跟朋友们的比赛中消磨时光，无法在战场上一显身手，不会感到更惭愧吗？

叶梦得虽然老到不能亲上战场，却仍然想要用词激励大家奋勇报国。为国为民，鞠躬尽瘁，真是深入他的骨髓。

霜降是秋天的收尾，此时马上就要入冬，草木无情地零落。

著名科学家、文学家张衡，就唱道"大火流兮草虫鸣，繁霜降兮草木零"。

"大火"指大火星，秋天到了，大火星西落，草虫哀鸣。等到浓重的秋霜降落下来，草木不断凋零。在这一片秋气肃杀的氛围中，突然开出一朵黄花，可以想见，多么让人欣喜。

说到秋天，就不能不说到菊花。

陆游就曾写过一首诗，叫《季秋已寒，节令颇正，喜而有赋》。

虽然秋末寒意渐浓，但是节令没啥出入，于是很高兴。他所谓的节令没啥出入，就是指"霜降今年已薄霜，菊花开亦及重阳"。霜降时节，果然就下起薄霜，虽然不浓厚，但也是霜嘛。菊花盛开的时候，也刚好到了重阳节，因为重阳节赏菊嘛。

但我们本节所写的主题是霜降，而不是重阳，所以笔者并不打算把篇幅过多地放在菊花上。

有另一种花，更加切题，叫拒霜花。

跟叶梦得一样经历南渡噩梦的陈与义，就特别欣赏此花，专门写《拒霜》诗：

拒霜花已吐，吾宇不凄凉。天地虽肃杀，草木有
芬芳。道人宴坐处，侍女古时妆。浓露湿丹脸，西风
吹绿裳。

据说，拒霜花丛生，花叶很大，花朵很红，九月霜降时节
盛开，所以起名叫拒霜花。

诗中开头第一句就说，拒霜花已开，秋天就不再凄凉了。
天地尽管一片肃杀，但拒霜花吐露着芬芳。它就像有道之人，
晚坐在深秋之中；又像古时的侍女，化着过时的妆。

前者形容拒霜花不畏严寒，后者衬托拒霜花不同流俗。正
是因为拒霜花有这样的品格，所以浓露湿润脸庞，不仅没有使
花瓣枯萎，反而更红艳，西风吹拂绿叶，不仅没有把绿叶吹落，
反而让绿叶像飘动的衣裳，护着拒霜花。

无论是菊花还是拒霜花，它们能在秋末盛开，本身足够坚
强。但换个角度来看，菊花、拒霜花，最终仍旧逃不过凋零的
命运。

何止花朵如此，秋天也会在霜降之后结束，什么事情到最
后不会停止呢？

苏轼较早明白这一点，他在《南乡子·重九涵辉楼呈徐君猷》
中写道：

霜降水痕收，浅碧鳞鳞露远洲。酒力渐消风力软，
飕飕。破帽多情却恋头。　　佳节若为酬？但把清樽

断送秋。万事到头都是梦，休休。明日黄花蝶也愁。

根据这首词的词序可知，苏轼是在元丰五年（1082 年）的重阳节，与徐君猷同登涵辉楼所写。

徐君猷是苏轼因乌台诗案贬谪黄州时的长官，能够礼待苏轼，两人关系很好。

霜降之后，水痕还在，浅绿色的水波粼粼已经退去，露出远处的洲渚。酒力也像水一般慢慢消退，酒力消退之后，能感到柔软的风力。风力虽然柔软，却仍带有飕飕凉意，吹得人更易酒醒。所幸风力虽寒，毕竟不大，头上的破帽仍能多情地留恋着头，没被风吹落。

有学者指出，这阵风既是大自然的风，也是政治风波的象征。

重阳佳节拿什么来酬答？只有一壶清酒送走秋天。

霜降时节是秋天的最后一个节气，苏轼说送走秋天，很巧妙。万事到最后，都是一场梦，都会停止。苏轼似乎是因为秋季的结束而联想到万事到头。

不仅如此，苏轼更进一步想到，重阳佳节也会结束。为了在重阳佳节赏菊，人们搬来很多菊花。等到重阳佳节过去——也就是"明日"——菊花被搬走，蝴蝶想必也会发愁吧？

蝴蝶尚且知道发愁，何况我们人呢？就算菊花不搬走，它也终究会凋零。

南乡子·重九涵辉楼呈徐君猷

宋·苏轼

霜降水痕收，浅碧鳞鳞露远洲。酒力渐消风力软，飕飕。破帽多情却恋头。

佳节若为酬？但把清樽断送秋。万事到头都是梦，休休。明日黄花蝶也愁。

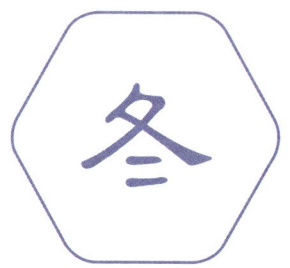

立冬：菊晚秀·万物收

《汉学堂经解》所辑崔灵恩《三礼义宗》云：
"冬，终也。立冬之时，万物终成，因为节名。"《月
令七十二候集解》："冬，终也，万物收藏也。"表
示冬季开始，黄河中下游地区结冰，大部分农作物
丰收完毕，储藏起来。

立冬这天，要在北郊祭祀黑帝。

黑帝是不是颛顼帝，目前说法不同。

但有一点，诗人们似乎不约而同地想到了一起，那就是赏菊。赏菊的最好时机不是秋季吗？为什么秋季过了，才想起来？

这里有三个原因，第一，"秋将归去冬又至，寒色不遮万山翠"，虽说立冬代表冬天到来，但立冬时节，毕竟天气跟秋末没有本质上的区别，菊花自然也适应。

第二，同样的节气时间，南北差异比较大。尤其是到了南宋，北方领土尽失，国土集中在长江流域，而节气主要总结的是黄河流域的天气和农业状况，这样一来，南方的立冬，其真实情况跟北方的霜降差不多。

最后，诗人也是凡人，"得不到的永远在骚动，被偏爱的都有恃无恐"，秋季到处都是菊花，反而没有新鲜感，冬天以为没

菊花了，写出来才奇特。

南宋诗人沈说就写了一首立冬日观菊的诗：

闲绕篱头看菊花，深黄浅紫自棠棠。清于檐卜香
尤耐，韵比猗兰色更多。九节番疑今日是，一樽未觉
晚秋过。从教白发须簪遍，且任当筵作笑歌。

诗人在篱笆边上闲逛赏菊，菊花团团簇簇，黄紫缤纷。

"檐卜"是一种西域花，很香，有人说可能就是栀子花。

菊花的香气是清香，虽然没有檐卜浓烈，却更持久。

菊花的意韵跟兰花一样，都是比喻高洁的人格，但菊花的
颜色比兰花更丰富。

总而言之，在沈说看来，菊花是最好的。

由于菊花如此茂盛，沈说产生错觉，以为今日不是立冬，
而是九月九日重阳节。在赏菊的时候再喝一樽酒，越发觉得晚
秋还没有过去。

冬天即将到来，但毕竟还没降临。言外之意，是表示我虽
然已步入老境，但死亡还很远。

这样一想，沈说兴致很高，采菊簪头，忙得不亦乐乎。今
天头上戴花，是女性的爱好，沈同学莫非一高兴，就要变性了？

非也，古人也时兴男子簪花，比如杜牧就写下名句"尘世难
逢开口笑，菊花须插满头归"。

沈说头发已白，还插满菊花，他也不在乎，就让大家席间
传为笑谈，以佐酒兴吧。

比沈说略早一些的朱翌，也写下一首《十月十四日立冬菊花方盛》：

> 黄菊一何好，持觞惟尔从。名应称晚秀，色岂为人容。正似花重九，休论月孟冬。霜威占清晓，直欲犯其锋。

该诗颈联五、六两句，可谓开沈同学之先，思路比较接近。

所不同的是，朱翌经历过南渡，也跟秦桧有过火并，性格比较刚烈，所以全诗都在借菊花写人，我们看过沈同学正面写完菊花之后，再来看朱翌的作品，会更好懂。

朱翌赞扬菊花是冒寒盛开，但它盛开可不是为了取悦于人。尤其是在严霜之中，菊花也是无所畏惧，要跟严冬正面交锋。

这哪里是在写菊花，分明是在写朱翌跟秦桧干到底的正气！

陆游则不太一样，他在《今年立冬后菊方盛开小饮》中，不写菊花如何，也不写自己如何，就单单写边赏菊，边喝酒，以图一醉。

对于那些出门在外的游子，菊花明显带有治愈的效果。

福建诗人葛绍体，写有一首《烟雨馆立冬前一日》：

> 已过重阳种菊花，留连秋色带霜华。休言明日朔风起，肠断天涯人忆家。

过了重阳节之后再种菊花，为的就是喜爱菊花冒霜盛开的姿态。可是很快冬天就要来临，北风呼啸。

葛绍体赶紧说，不要讲明日北风吹起来，菊花怎么办。我这天涯游子早已肠断，就让菊花陪我一时算一时吧。

南宋遗民蒋捷，宋亡后隐居不仕，是著名词人，人称竹山先生。

竹山先生写有一首《瑞鹤仙·寿东轩立冬前一日》，虽写的是给好朋友东轩先生的寿词，却格调不凡，据路成文教授指出，这首词主要学习欧阳修《醉翁亭记》，以"也"押韵。

这首词写于立冬前一日，严格算是霜降词。

但从词的内容来看，有比较自觉的立冬节候，故放在此篇：

> 玉霜生穗也。渺洲云翠痕，雁绳低也。层帘四垂也。锦堂寒早近，开炉时也。香风递也。是东篱、花深处也。料此花、伴我仙翁，未肯放秋归也。　嬉也。缯波稳舫，镜月危楼，醺琼酡也。笼莺睡也。红妆旋、舞衣也。待纱灯客散，纱窗日上，便是严凝序也。换青毡、小帐围春，又还醉也。

词一开篇，就写秋冬之景。

白霜凝结如麦穗，远处的河洲只留下青白的印痕，雁队如绳，低低飞过。由于寒冷降临，层帘放下，遮得严严实实，甚至升起火炉。忽然，在这密不透风的层帘之外，传来一阵香气。

这是来自东篱深处的菊花飘过来的花香。可能菊花也知道是东轩先生的生日，所以要陪伴他，也不愿让秋天过去，仍努力开放。寿宴摆在船上，舟行水面，"澄江静如练"，如镜的水面上，倒映着船楼。

"醽"指干杯喝酒，人们互相敬酒，喝得脸颊变红，连寒气也不怕了。

笼子里面的莺鸟已经睡着，但是我们的欢宴还没结束，舞女依然在为我们助兴。

我们为什么这么熬夜？当然不是为了吵醒睡莺。原来，等到客人散去，明天太阳重新照耀纱窗的时候，就是冬天了。

冬天意味着万物收藏，也暗喻着人的一生到达末期。既然如此，我们要在凛冬将至之前，过好当下的每一刻。

尽管夜深，我们换上青色毛毯，用小帐围成一片温暖如春的地方，继续喝酒。直到每个人都喝不动了，纷纷醉眠。

竹山先生这首寿词不落俗套，程公许的悼诗也别出心裁。

这天刚好立冬，他在竹宫写诗悼念姚高士。

姚高士死前一天，还写一首葬菊诗，程同学就用亡友的韵脚来写。这组诗题目叫《立冬节斋宿竹宫悼姚高士》，其中最后一首写道：

认取太虚无一物，本无幻翳况空花。桃椎思邈还知否，佳传宁无良史家。

按照佛法来说，世间万物都是幻象。

姚高士连世间如梦幻泡影都知晓，怎么可能看不透菊花，还要为它写诗，这是为什么呢？可能是怕世人不能知道菊花的美德，为它感到惋惜吧。

那我为姚高士写诗，不也是这样的目的吗？我也是希望人们能从诗中知道姚高士的品德，其实就像唐代的朱桃椎、孙思邈一样。

写到这里，我们恍然大悟：怪不得程同学要用姚高士的韵脚呢！

菊花之所以在立冬如此受人推崇，主要还是有冬天糟糕的天气来衬托它。

冬天天气寒冷，但有一个现象是很少见的，就是冬雷。

一旦冬雷阵阵，诗人就难免要写诗记录一下。宋末诗人方夔，就写有《立冬前后大雷电震者数日》。

该诗先写冬日的雷电如何恐怖，最后收尾说："夜阑景霁百怪停，炯炯北极环众星。"

别看这些雷电多么嚣张，还不是去得干干净净！只有北极星和四周的众星，依旧光闪夺目。

在方夔看来，一切雷电，到了冬天，都是秋后蚂蚱。

冬天还有一件大事，就是打猎。

经过一年的生长，稻麦都丰收了，猎物也该去打回来了。

我们熟悉的刘敞，就写有一首《观猎》诗：

立冬杀气凝，清霜会晨朝。涤涤原野空，烈烈荆棘烧。鹰饥肯为用，马寒意逾骄。旌旗带林莽，笳吹含风飚。突围狡兽怒，得隽壮士嚣。老狐屈变诈，文

雉输英翘。讨伐顺天时，未许穷奸妖。翩翩马上儿，
弓箭各在腰。意矜百战雄，巧斗更相招。控弦落明月，
飞镝来九霄。虽虐终无伤，为乐固已饶。晚临清汝滨，
寒水如落潮。挥壶酌美酒，醉归遗皂貂。

立冬时杀气凝结，早上清霜降临。原野本来就荡涤一空，
只剩下荒草，如今烧上一把火，视野更开阔。饥饿的猎鹰乐意
效劳，天气寒冷，骏马更愿奔跑取暖。整个林莽之间，都是打
猎的旗子飘扬，吹响的笳声随风传得更远，更方便我们围猎。
那些狡猾的猛兽，愤怒地突围，这时我们才艺突出的壮士们就
发挥作用了。狡猾的狐狸比不过他们的智谋，好看的野鸡也没
他们英俊。

我们来打猎，是顺应天时的，这些野兽的奸计如何能得逞？
那些驰骋猎场的壮士们，骑在马背，衣袂飘飘，腰间挂着弓箭。
这些健儿们，觉得打猎不在话下，想来点更刺激的。于是互相
招呼，要比画比画。有人张弓似乎能把天上的明月射落，有人
射落的箭仿佛从九霄云外飞来。

这样的比试有点暴虐，但都是点到为止。毕竟友谊第一，
比赛第二嘛。尽管点到为止，也是玩得不亦乐乎。

傍晚清澈的汝水边，带着寒意的河水像退去的潮水一般。
健儿们烤起猎物，喝起美酒，庆祝这欢乐的一天。大家不醉不归，
有的人回去的路上还把昂贵的黑貂外套弄丢了。

表面来看，刘攽是在赞颂健儿们打猎比武，实际上却在宣
扬大宋国威。

说起大宋国威，可能跟我们印象有点差距。

宋代还有国威？它不是跟谁打都吃败仗吗？

这是有原因的，唐末军阀割据，宋代国君为了防止这一乱象，就改革兵制，让将领没有权力直接指挥军队，凡事要向皇帝汇报。

古代又没有微信，将领发现情况不能跟皇帝语音一下就能得到指示。因此等消息传个来回，情况早就变化了。这样打仗，能不输吗？

岳飞打仗很厉害，其中一个重要的原因就在于他有比较大的自主权。

皇帝连下十二道金牌才理，岳将军果然不同凡响。一般的将领没有岳将军这样置个人生死于不顾的觉悟和境界，就被皇帝拖后腿。

换个角度来看，宋代皇帝这样做，也有他的目的。

总之，这是一个复杂的问题，限于篇幅，不做展开。我们需要明白的就是，不要觉得宋军就毫无战斗力。

隆兴元年（1163年）冬天，抗金名将李显忠收复灵璧、宿州等地，消息传到临安。

虽为奸臣，但词艺颇高的曾觌，听到这个好消息，写下《沁园春·初冬夜坐闻淮上捷音次韵》：

> 更漏迢迢，乍寒天气，画烛对床。正井梧飘砌，边鸿度月，故人何处，水远山长。老去功名，年来情绪，宽尽寒衣销旧香。除非是，仗蛮笺象管，时伴吟窗。

词章。莫话行藏。且喜见捷书来帝乡。看锐师云合，妖氛电扫，随堤宫柳，依旧成行。梦绕他年，青门紫陌，对酒花前歌正当。空成恨，奈潘郎两鬓，新点吴霜。

上阕讲到初冬天气，夜长寒冷，梧桐飘叶，鸿雁南飞。

冬天容易联想到人生暮年，愁绪无处释放，只能靠写词排遣。这时忽然听到北伐大捷的消息，令人顿时为之一振。

曾觌马上就想象到宋军会合、扫除金军的美好画面。不仅如此，他还进一步想象北方都被收复，原来落入敌手的大好河山，依旧无损。但很快，他就悲从中来：收复失地固然可喜，但我个人却仍旧两鬓变白，不断老去，也不知是否还有机会看见。

曾觌的境界实在不高，从这词的收尾就可以看出来。

同样有这方面的担忧，陆游是"家祭无忘告乃翁"。

"死去元知万事空，但悲不见九州同。"死不可怕，可怕的是没有看见祖国统一。

陆游如此坚定，连死都不怕，曾同学却在大捷面前，承受不住自己的衰老。

宋孝宗这次北伐，虽然一开始取得一些胜果，但最终大败。

曾觌看到这样的结局，可能会好受一些？

瑞鹤仙·寿东轩立冬前一日

宋·蒋捷

玉霜生穗也。渺渺云翠痕，

雁绳低也。层帘四垂也。锦堂

寒早近，开炉时也。香风递也。是东篱、

花深处也。料此花、伴我仙翁，未肯放

秋归也。

嬉也。缯波稳舫，镜月危

楼，醮琼酡也。笼莺睡也。红妆旋、舞

衣也。待纱灯客散，纱窗日上，便是严

凝序也。换青毡、小帐围春，又还醉也。

小雪

小雪：寒气薄·雨凝雪

《群芳谱》："气寒而将雪矣，第寒未甚而雪未大也。"《月令七十二候集解》："十月中，雨下而为寒气所薄，故凝而为雪。小者，未盛之辞。"黄河流域开始下雪，北方有冰冻出现。

下小雪并不一定是小雪节气。

这就增加了我们判定小雪节气诗词的难度。

像唐代诗人李咸用，写有一首《小雪》诗：

散漫阴风里，天涯不可收。压松犹未得，扑石暂能留。

阴风中雪花散漫，仿佛一直下到天涯，一发不可收。因为是小雪，所以还没压弯青松，却能短暂地铺白石块。

这首诗，虽然引用在文中，却没人敢说一定是小雪节气所写。

同样的还有陈著的《小雪偶成》等诗，不一一细看。

小雪这天也不一定都下雪。

这倒是可以成为我们判断的一个重要依据。

如果诗词中没有写到下雪，却依然标以小雪，那这个小雪十有八九是指节气。

比如陆龟蒙就有一首诗，题目是《小雪后书事》。

可是全诗并没有写下雪或雪景，可见是写在小雪节气之后：

时候频过小雪天，江南寒色未曾偏。枫汀尚忆逢人别，麦陇唯应欠雉眠。更拟结茅临水次，偶因行药到村前。邻翁意绪相安慰，多说明年是稔年。

虽然已经到达小雪节气，江南却没有冷遍。因为江南冬季来得晚一些。

岸边的枫林，还能想起当时送别的场景。麦田里却再没有野鸡卧眠了——逐步暗示冬意渐浓。

我打算在水边盖个茅屋住下，不知不觉走到村前。邻翁安慰我说，别担心凛冬将至，春天终究会来的。

但是你想想，如果没有冬天，没有冷雪，害虫冻不死，庄稼长不起，那可还得了！倒是这样寒冷逼人，起码说明，明年可能是丰收年。邻翁可能不是傻，而是单纯地想要乐观。他可能没像陆龟蒙想得那么远："明年可能丰收，然而如果冻死在今年呢？"我们也不能怪陆龟蒙有这样的担忧，毕竟冬天人心脆弱。

笔者个人最喜欢的季节就是冬天。这倒不是因为笔者稍显胖，比较能抗冻。而是在冬天的寒冷中，在对生命脆弱的体验中，越发懂得珍惜。

刘克庄就在小雪后不久，眼睛失明，写下《小雪后二日》两首诗。两首写失明后的情形，都栩栩如生。第二首更记录医生不让他写诗，结果他还是没有忍住。

哪怕是仆人搀扶才能行动，哪怕是宾客嗔怪他不来迎送，哪怕午夜梦回，忘记自己已经失明，仍然梦见自己看见窗外的光亮——他依然要写诗。

我们应该感谢他，如果不是这样的坚持，我们怎么能看得到？

既然如此，就不要辜负刘克庄的好意，一起来看其中一首：

> 吾评世间病，至惨莫如盲。亲友不觌面，子孙惟认声。根存神不死，食既魄难生。赖有鬳斋老，书来吊失明。

刘克庄说，我认为世间的疾病，没有比盲人还惨的。

这话真是只有读书人才能说出来！

随着读硕读博，笔者的眼镜不断变厚；尽管博士毕业后参加工作，度数稍微稳定一点，但接近一千度还是让我常有如坠云雾的恐惧。

想让这样度数的人如坠云雾很简单，把他眼镜摘掉即可。

笔者最担心的也是，如果有一天，眼睛不能看书了，那可怎么办？

所以读到刘克庄这句诗，仿佛心里一震。

刘克庄不是因为近视眼而失明，据他的《记医语》说，是"余目有青晕侵眸子"，大约就是今天常说的青光眼？

不管是什么眼疾所致，失明后，无法看见亲友的样子，只能通过声音辨认子孙。

这时只能往好处想，虽然眼瞎，但人还活着，虽然很难好，也好过人没了。何况好朋友还写信来安慰我呢，不能因为眼瞎而变得心也失明。

当然，寒冷并非只带来眼疾，也可能有其他疾病。

南宋诗人吴泳，也写了一首《小雪》，可是诗中没涉及任何雪，应该也是指节气：

卧病连三月，起来几半人。腕柔妨草圣，目眩隔花神。颓魄岂常望，残芳不再晨。徘徊盼庭树，犹喜小阳春。

三个月都在生病，小雪节气的时候，虽然好了，却也耗损很大，几乎只剩下一半生机。手腕无力，无法写草书，眼睛昏花，也不能很好地赏花。就像残月，不可能永远圆满；就像残花，不会再有盛开的良辰；我也如此。但即便如此，我也没有放弃，仍在庭树下徘徊。

是什么给了我面对残酷生命的力量呢？是冬天里的小阳春。

小阳春指农历十月左右，有些地方温暖如春。

比起春华秋实，小阳春虽然气候跟春天差不多，开放的花朵命运却截然不同。

桃花在春天开放，可以结果；在小阳春开放，只能无果而终。所以小阳春并不是一个值得高兴的理由——但要乐观，要坚强，总得要个理由。

吴泳的积极心态，读来令人泪目。

曾经出使外国的陈睦，写有一首《沁园春·小雪初晴》，这首词中虽有"小雪"字样，却不能确定是否作于小雪节气，由于全词都是在表达思恋，更增加判断难度，我们简单欣赏一下：

小雪初晴，画舫明月，强饮未眠。念翠鬟双耸，舞衣半卷，琵琶催拍，促管危弦。密意虽具，欢期难偶，遣我离情愁绪牵。追思处，奈溪桥道窄，无计留连。　　天天。莫是前缘。自别后、深诚谁为传。想玉篦偷付，珠囊暗解，两心长在，须合金钿。浅淡精神，温柔情性，记我疏狂应痛怜。空肠断，奈衾寒漏永，终夜如年。

雪后放晴，月光满湖，乘舟不眠，独自饮酒。

词中主人公心事重重，主要是在怀念那扎着两个翠鬟的舞女。她在琵琶催促声中，随着管弦起舞。虽然已对她有深深的眷恋，但是难以真的实现，只不过增添了很多的离情愁绪。追想当时离别的地方，无奈溪桥狭窄，一下子就走过去了，没有办法停留。

天天思念，这是前缘吗？为什么离别后，一腔相思无处表达？既然现实如此残酷，词中主人公又陷入甜蜜的回忆中无法自拔。

当时我们互相交换信物，表示要长久地在一起。想想她那浅淡纯真的精神，温柔的性情，如果知道我现在这样思念她，她也会很心疼吧？与其这样，还不如不要把我的思念告诉她。就让我空自断肠，独自忍受这漫漫寒夜，每个夜晚都漫长难挨得像一年。

说句客观的话，陈睦这首词，确乎代表着一种情感态度。他不是没想过破镜重圆，也不是没想过真去行动。但那又如何呢？且不说现实，君岂不闻乎——"相濡以沫，不如相忘于江湖"。

不如不见。见过后，白玫瑰变作白米饭，红玫瑰变作蚊子血。

在记忆——这个最大的美颜相机里，让"美好"的画面静静封存吧。

沁园春·小雪初晴

小雪初晴，画舫明月，强饮未眠。念翠鬟双耸，舞衣半卷，琵琶催拍，促管危弦。密意虽具，欢期难偶，遣我离情愁绪牵。追思处，奈溪桥道窄，无计留连。

天天。莫是前缘。自别后、深诚谁为传。想玉籢偷付，珠囊暗解，两心长在，须合金钿。浅淡精神，温柔情性，记我疏狂应痛怜。空肠断，奈衾寒漏永，终夜如年。

宋·陈睦

大雪

大雪：积雪盛·吟墨冻

《月令七十二候集解》："十一月节，大者，盛也。至此而雪盛矣。"《群芳谱》："言积寒凛冽，雪至此而大也。"此时北方开始有积雪，结冰。

大雪纷飞，与大雪节气，有时也不是一回事。

但说起大雪节气，如果没有漫天飞雪，似乎情感上难以接受。那就让我们凭着感觉走，不去过度理智地强调二者的差异。

毕竟，很多地方，一个冬天都不会下雪，人们盼雪都盼得心力交瘁了。

结果翻开文章，发现还是要忍受残酷的现实，那就显得我太残忍。

大雪之中，人们都像一座座雪中孤岛，联系切断。

平时可以到处跑，大多数人反而不愿跑；现在联系切断了，反而就想联系。

最有名的，是"雪夜访戴"的故事。其实，在这样极端的天气现象中，古人赋予了很多奇人异事。比如托名陶潜的《搜神后记》就记载说：

　　钱塘人姓杜，船行时大雪。日暮，有女子素衣来

岸上。杜曰：何不入船？遂相调戏。杜合船载之，后
成白鹭飞去。杜恶之，便病死。

有个杜同学乘船，当时大雪纷飞。傍晚的时候，有一个穿
白衣的女子跑到岸上。

杜同学很关心，就问她："岸上冷，干吗不到船上来？"

白衣女子也不示弱，迈步上船，直面杜同学的调戏。

敢于直面赤裸裸的调戏，敢于正视调戏她的丑恶嘴脸——
这不像一个女子啊？

杜同学可不管这些，以为自己占了便宜。

后来白衣女子化作白鹭飞去，原来是个白鹭精，怪不得面
对调戏这么淡定。

杜同学觉得很懊恼，不久后因病而死。

类似的还有狐狸精等，我们不说类似的，讲个更奇特的。

据《太平广记·季攸》记载，大唐天宝初年，会稽主簿（可
以理解为绍兴师爷）季攸有两个女儿，还有一个外甥女。这个外
甥女很可怜，无依无靠，就来投奔舅舅。

每当有人来求婚，季攸就把女儿嫁出去。眼看着两个女儿
都出嫁了，季攸也没为外甥女拿主意。

这当然不是季攸在打外甥女的主意，而是不想出嫁妆钱。
外甥女很生气，可是又没有办法，没有父母给她做主。

久而久之，因恨生怨，因怨而死，埋葬在东郊。

在一个大雪纷飞的日子，一位富裕、帅气的杨同学，忽然
失踪。

这个杨同学可不得了，高门大族，自己还是管理市场的官吏，前途大好。

家人找不到杨同学，凭着多年的人生经验，知道这样的大雪天，各种鬼怪容易出没，该不会被鬼怪勾了去吧？

大家想到这里，分头去墓地寻找。

这时，在季攸外甥女的墓地旁，发现杨同学的衣裾。家人拉这个衣裾，杨同学就在坟墓中大叫。

可是坟墓没有任何毁损，杨同学怎么跑进去的呢？

他们没法，只好跑去找季攸。

季攸来了，就让大家把坟墓打开，杨同学正跟死去的外甥女睡在一口棺材中。外甥女虽然死去好几个月，却跟活着时一样。杨家人就把杨同学带回家，季攸又把坟墓修好。

杨同学经过此事，虽然捡回一条命，回到家却变得有些傻傻的，好几天才恢复。外甥女的鬼魂很生气：活着的时候不给我做主，死了还来夺走我的夫君！于是就跑去告诉季攸："当初你不为我做主，不让我嫁人，导致我早夭。现在神灵为我做主，把我嫁给杨郎，所以才把他接到我的坟墓。你不要再来阻碍我了，这件事众人皆知，没法抵赖，一个月后，我要嫁给他，请你支持一下我吧。"

季攸一边听，一边叹息，于是为外甥女和杨郎主婚，置办丰厚的嫁妆。

到结婚那天，外甥女的魂灵见舅舅诚心悔过，就对他说："你能把我嫁给他，我很高兴，我今天就要去迎接杨郎了。"

话音刚落，杨同学突然暴卒。于是就用冥婚的仪式，把他们合葬在东郊。

这个故事，从头到尾，最无辜的就是杨同学。

仔细想想，除了家里有钱，还长得帅，难怪连女鬼也惦记。

除掉以上不经之谈外，大雪天最适宜做的，就是怀人。原因当然很简单，如宋代诗人李新诗题所说的那样，"大雪不宜干人"。"干人"就是指拜访别人。

元丰四年（1081年）的大雪天，苏轼在黄州，很想念朱寿昌，他觉得朱寿昌可能也很想念自己，为了让朱寿昌不那么想念自己，苏轼就写了一首《江神子·黄昏犹是雨纤纤》给他：

> 黄昏犹是雨纤纤。晓开帘，欲平檐。江阔天低、无处认青帘。孤坐冻吟谁伴我？揩病目，捻衰髯。
>
> 使君留客醉厌厌。水晶盐，为谁甜？手把梅花、东望忆陶潜。雪似故人人似雪，虽可爱，有人嫌。

明明就是东坡很想念朱寿昌，非得说朱寿昌也想念自己；明明是想写首词宽慰自己，非得说是想宽慰朱寿昌——豪放的苏东坡，怎么这么矫情？

这可真是我们错怪苏东坡了，他之所以这样，是考虑两人的友谊之深。

早在熙宁三年（1070年），十多年前，朱寿昌曾经干过一件大事。

据苏轼的好朋友文与可记载，他当时碰到朱寿昌，朱寿昌正在弃官寻母。

原来，朱寿昌的母亲刘氏，是他父亲的小妾，后来被父亲卖给民间，从此母子分离。

几十年来，朱寿昌一直在寻找母亲，但都是边做官边寻找。他四十九岁那年，忽然心有所感，就决定弃官，专心去寻找母亲。

史书上没说他所感的是什么，我们不妨设身处地想一下：我都四十九岁了，再不找到母亲，恐怕就永远找不到了——儿子都这么大了，母亲年纪更大，没多少日子可活了。

朱寿昌就下定决心，从陕西开始寻找，哪怕翻遍天下，也要找到母亲。一路上，他还斋戒吃素，刺血写佛经，并把佛经散布在路上，希望大家都来注意这件事，帮他一起留意。

功夫不负有心人，朱寿昌终于找到母亲，这时刘氏已经七十多岁了。

她又改嫁，并生有儿女，朱寿昌就把兄弟姐妹连同母亲一起接回来住。

宋神宗听说这事，觉得朱寿昌是大孝子，恢复他的官职，把他母亲封为长安县太君。

这件事传到苏轼耳中，苏轼大笔一挥，写诗赞扬朱寿昌。

在诗中，苏轼把朱寿昌看作与古人相比都无愧的孝子，并明确表示，我之所以写这首诗，不是因为皇帝表彰你，而是被你为了孝顺连官位都不要的人格所感动。

苏轼诗中有一句写得特别感人："羡君临老得相逢，喜极无言泪如雨。"

我们知道，苏轼二十岁的时候，母亲程夫人就过早离世，殁时才四十七岁。如果苏轼老来能够遇到老母亲，那该是如何的奢侈啊!

大概就是那个时候开始,苏轼跟朱寿昌因为共同的品格,成为挚友。

所谓的挚友,有一些标准,其中最重要的,就是"急人所难"。

苏轼此刻落难黄州,乌台诗案的余波还没过去。

朱寿昌此时则在离苏轼不远的鄂州做太守,黄州下大雪,鄂州肯定也会下。当大雪时分,朱寿昌想起落难中的苏轼,岂能不发愁?

因此苏轼赶紧写这首词,告诉他不要为我担心,这很矫情吗?

不是的,这才是真正的友谊,才是所谓"人生得一知己足矣"的"知己"。

澄清这个可能的误会之后,我们来看词的内容。

黄昏的时候,还是雨水纤纤。没想到第二天一早,打开窗帘,积雪已经厚到快要把屋檐压塌了。

这真是场大雪,大概有点像东北的冬天。

古时候还没有全球变暖,所以天气普遍冷一些。

江面上都是厚厚的积雪,把江的两岸连成一片,显得江面宽阔很多。苍穹在宽阔的江面映照下,显得很低。

"青帘"指酒旗,也就是酒家,这么大的雪,酒旗恐怕都被淹没了。就算没淹没,也别想着冒这么大的雪去买酒。

苏轼爱喝酒,尤其是这么大的雪天,更想喝酒取暖。

于是纵目一望,不去看银装素裹,首先找的就是酒旗。没酒喝，苏轼只好独自枯坐，挨冷抗冻地吟诗。

这时候人最无助，苏轼心想，这样的大雪天，谁能陪伴我呢？想来想去，大概朱寿昌是最合适的了。

如果文与可不死的话，也许是文与可——可惜他两年前走了。

由于太冷，睁不开眼，苏轼揉着病眼，轻轻摸着衰老的胡须，来写这首词。

下阕开始转到朱寿昌的角度。

苏轼想象着朱寿昌款待客人时醉态和悦。一桌的美味佳肴，还差谁呢？朱寿昌一边观赏着梅花，一边想起东边的陶渊明。

陶渊明是苏轼自喻，此时苏轼在黄州，朱寿昌在鄂州，所以是"东望"。可别以为苏轼真的是个吃货，写这首词是希望朱寿昌请他吃饭。

不是的，他用梅花来勾连自己，可见他更看重的是朱寿昌对他的看法。

从朱寿昌的视角来看，苏轼这个老朋友，就像眼前的大雪一样，纯洁可爱，可是就算是纯洁无瑕的大雪，也有人嫌弃，觉得雪天太冷，或者其他原因。

总之，苏轼想象着朱寿昌在大雪天为他抱不平。实际上，不管雪花被人爱还是被人嫌，都无损于它的洁白。

大雪天气，人们相见很难，但奇怪的是，越是难，越是有人迎难而上。

赵宋宗室赵长卿便在大雪之日，与社中人相聚，并写下《满庭芳·晚色沉沉》：

晚色沉沉，雨声寂寞，夜寒初冻云头。晓来阶砌，
一捻冷光浮。目断江天霭霭，低迷映、绿竹修修。多
才客，高吟柳絮，还更上层楼。　　烹茶，新试水，
人间清楚，物外遨游。胜似他、销金暖帐情柔。细看
流风回舞，终日价、浅酌轻讴。醺醺地，美人翻曲，
消尽古今愁。

上阕跟苏轼《江神子》类似，都由下雪前夜开写。

夜色沉沉，雨声稀疏寂寞，夜寒把云都冻住——为下雪埋
下伏笔。早上起来，台阶上一抹冷光浮动——那正是雪光。极
目远望去，江天相连，一片皑皑。竹子也被压弯腰，低下头，
在雪地上露出青玉般的长枝条。才子们都聚在一起，写诗作词
歌咏柳絮般的雪花。为了看得更远，获得更多灵感，冒着严寒
登上高楼。更上层楼也暗喻着才子们被大雪激发，写的作品
更好。

下阕开始写才子们的社内活动：取雪融化成新水来煎茶。

喝茶使人清醒，雪后的世界更是一片清净。内心清醒遇上
清净世界，那可不就逍遥物外了吗？

词人也忍不住感叹说：这样赏雪，远远胜过在暖被窝里缱
绻情长啊！

大家仔细观赏流风回雪，如在舞蹈——这多像徐志摩君的
"雪花的快乐"！

在雪花的伴舞下，才子们整日浅酌低唱，醉态醺醺。雪花

则如美人一般，为大家写的词编舞表演。这样的情景交融，真能使人忘记古往今来的所有愁闷。正因为聚集赏雪有这么大的消愁作用，所以大家都愿冒雪相聚一堂。

南宋词人向子諲，号芗林居士，与韩叔夏是好朋友。

一次大雪（当然，节气可能并非大雪），两人相聚，向子諲写下《南乡子·大雪韩叔夏坐中》：

> 梅与雪争妹，试问春风管得无。除却个人多样态，谁如。细把冰姿比玉肤。　　一曲倒金壶。既醉仍烦翠袖扶。同向凌风台上看，何如。且与芗林作画图。

梅花与雪花相互较劲，比谁更好看，请问，春风管得了它们不？

"个人"是指那人，多指情人，不是我们现在说的意思。

除掉那个人花样、姿态很多，可以跟梅花、雪花相比之外，还有谁？

这样一说，就算真的还有，韩叔夏也不太敢说出来了。

词人更进一步，把雪花和梅花融为一体——带着冰雪的梅花——即冰姿，来比喻那人如冰雪般白净、如玉般温润的皮肤。有这样的美人相伴，难怪一曲才罢，词人已经把酒壶喝个底朝天！

这样豪饮，不醉才怪，问题在于，就算醉了，词人也不愿善罢甘休，他还要让美人扶他。

扶着他回房间里躺尸也好，他却不干，他要美人扶着他一起登上凌风台。

凡是喝醉过酒的朋友都清楚，醉酒最怕冷风吹，一吹就吐。

词人恐怕也不会不知道这个，所以词中虽如此说，却用"何如"这类词来暗示我们，词人只是如此设想，并没有真的喝醉，更没有真的喝醉了还爬上高台吹风。

那我们就可以放心地去看，他登台究竟是想干啥。原来，他跟赵长卿一样，为了赏雪，也想"更上层楼"。

不同的是，赵长卿他们是为了创作，向子諲则是为了画出一幅雪景。

看到这里，我们长舒一口气：向子諲这么胡搅蛮缠，并不是无理取闹。

那么下回有雪，想必韩叔夏还是会乐意跟他一起赏雪吧。

叶梦得也喜欢大雪天登高——可怜的古人，他们那时候的建筑物实在低矮。但是叶梦得登高看雪的目的，与赵、向二位都不同。

我们一起来看看他的《江城子·大雪与客登极目亭》，答案就在词中：

翩跹飞舞半空来。晓风催。巧萦回。野旷天遥，回望兴悠哉。欲问玉京知远近，试携手，上高台。

云涛无际卷崔嵬。敛浮埃。照琼瑰。点缀林花，真个是多才。说与化工留妙手，休尽放，一时开。

雪花从半空飞舞而来——为什么是半空呢？

因为被雪花塞满的空中，只能望见半空，更远的天空被雪花遮挡住了。晨风吹拂着雪花，仿佛在催促它落得快一点。雪花身轻，不仅没被晨风得逗，反而随风回旋，像在捉弄它。旷野渐渐变白，天宇更加遥远，面对这样的雪景，回头一望，兴致悠长。

接下来画重点，叶梦得回头望的是玉京。玉京原本是天帝所居住的地方，这里指汴京。我想要跟大家携手上高台，目的就是回望汴京啊。

这一写，大有"南登霸陵岸，回首望长安"的悲壮。

同时也有苏东坡"高处不胜寒"，"何似在人间"的悲凉。

极目亭正在汴京，是宋徽宗所建，由此可知，叶梦得写这首词的时候，北宋还没灭亡。

怪不得下阕就跌宕开去，不写汴京了。

"崔嵬"形容云峰，云无边无际，看来这雪还远远没有下完。空中飘浮的尘埃都收敛殆尽，目力所及，只有美玉般的雪花。这些雪花落在树枝间，点缀得万木恍如开花。

这大有"忽如一夜春风来，千树万树梨花开"的奇特构思。

更奇特的在后面，叶梦得夸赞雪花多才多艺——其实何尝不是夸自己词艺高超、能毫不费力地把多才多艺的雪花写得如此生动？

可是爱花惜花成性的叶梦得，还没来得及得意，一个新的念头击中他：

春天百花盛开，转眼都凋零，现在雪花如果能够慢点，可不可以欣赏更久？

这样一想，他赶紧恳求造物主：不要一下子把雪花放开，不要让它一时间就落满大地，让它飘得再慢一点，再缓一些，让我们可以有更多时间来欣赏。

叶梦得可能不知道，如果雪花下得慢，就无法在万木上积雪，也就没有办法产生"千树万树梨花开"的效果。

可能叶梦得并非不知道这一点，他只是很贪心，想要银装素裹，又想永远银装素裹。

他不知道，就算真的能够永远如此，也未必见得所有人都高兴。

还是苏东坡说得客观一些："雪似故人人似雪，虽可爱，有人嫌。"

但叶梦得也没错，人生在世，既然像东坡指出的那样，不可能做到人人喜欢，那做点自己喜欢的事，有何不可？

对叶梦得来说，让雪缓缓落在祖国的大地上，就是让人高兴的事。

毕竟，要不了多久，这片土地就不属于叶梦得他们了，更别说那土地上的雪花。

江神子·黄昏犹是雨纤纤

宋·苏轼

黄昏犹是雨纤纤。晓开帘，欲平檐。江阔天低、无处认青帘。孤坐冻吟谁伴我？揩病目，捻衰髯。

使君留客醉厌厌。水晶盐，为谁甜？手把梅花、东望忆陶潜。雪似故人人似雪，虽可爱，有人嫌。

冬至

冬至：葭灰吹·初阳复

《通纬·孝经援神契》："大雪后十五日，斗指子，为冬至，十一月中。阴极而阳始至，日南至，渐长至也。"太阳经过冬至点，北半球白天最短，夜晚最长，以后白天渐长，夜晚渐短。

就冬至这一天来说，诚如白居易讲的"一年冬至夜偏长"。

到冬至这天，白天最短，夜晚最长。

但是换个角度来看，冬至一过，则如杜甫所说"冬至至后日初长"。

冬至既然是夜晚最长，冬至一过，夜晚就变短，白天就变长。

这看起来有点类似如何看待半杯水的问题。

有人比较乐观，一看到半杯水，就高兴地想，还有半杯水。

而比较悲观的人，就会闷闷不乐——只剩下半杯水了。

然而，冬至这个问题又有点不一样，因为无论是白居易，还是杜甫，无论是着眼于黑夜，还是白天，最终面对的问题是漫长而寒冷的冬天。

所以不仅看出"夜最长"的白居易说"今宵始觉房拢冷"，就连看似着眼于"昼变长"的积极一面的杜甫，最后还是会低落地说"愁极本凭诗遣兴，诗成吟咏转凄凉"。

本来想靠吟诗遣愁，结果诗歌写成后，没有排遣成功，反而更加凄凉。

真正在冬至这天，还傻呵呵的人，是苏轼。

熙宁五年（1072年）的冬至日，正任杭州通判的苏轼写下一首《冬至日独游吉祥寺》：

井底微阳回未回，萧萧寒雨湿枯荄。何人更似苏夫子，不是花时肯独来。

都说冬至以后，阴气到达极点，阳气开始回升，苏轼表示怀疑。

他为什么怀疑呢？原来，他看到的是寒雨打湿枯荄的草根，不像是阳气回升。

但苏轼还不死心，冬天哪里最暖呢？

我们知道，在没有冰箱的古代，夏天井水最冷，冬天也是井水最暖。用现代的科学知识来分析，就是水的比热容最大。

苏轼当然不知道比热容，但生活经验他有，如果一定要找个阳气可能回升的地方，那一定是比较暖的地方才回升得更早更快一点。于是苏轼就问：井底里微弱的阳气到底回升没有？

从全诗来看，苏轼也不知道答案，但这个问题一直萦绕在心。直到有一天看到惠崇和尚画的"春江晚景"，苏轼终于找到答案："春江水暖鸭先知。"

可见心中有疑惑，哪怕一时半会没有头绪，久而久之，终究会获益。

苏轼这句"春江水暖鸭先知"早已传遍大江南北。

当然，井水跟江水不同，但思维是一样的。

他可能觉得自己有点花痴，怪不好意思的，便在结尾幽默地反问一句：

还有人像我一样（傻）吗？不是花朵盛开的时候，却来吉祥寺。

吉祥寺当时有名，就在于寺里的牡丹，所以苏轼这样调侃自己。

苏轼还没死心，不久后又去，还写下一首诗叫《后十余日复至》：

东君意浅着寒梅，千朵深红未暇栽。安得道人殷
七七，不论时节遣花开。

冬至后十来天，大概也是冬至，这时候只有零星的寒梅开放。

"千朵深红"指牡丹，至于牡丹花，仍旧没有盛开。

"殷七七"是有名的道人，据说能让杜鹃花在花期之外盛开。

苏轼来了两回都没见到牡丹，不免心急：要是有殷七七那样的催花之术多好。

实际上，古人很多都在冬至这天盼春，不独苏轼如此。比如范成大，就写有一首《满江红·冬至》：

寒谷春生，熏叶气、玉筒吹谷。新阳后、便占新岁，吉云清穆。休把心情关药裹，但逢节序添诗轴。笑强颜、风物岂非痴，终非俗。　　昼永，佳眠熟。门外事，何时足。且团圈同社，笑歌相属。著意调停云露酿，从头检举梅花曲。纵不能、将醉作生涯，休拘束。

开头就写冬至一阳动，寒谷生春，候律筒吹着暖律。

新阳已到，人们便通过云朵的形状来判断来年是否丰收，结果是吉祥之云，一片清和。

面对这样的好兆头，范成大自我开怀说：不要把心思都放在生病上，好好地随着节序的更改，写一些诗词吧。

他转念一想：我这样强颜欢笑地追逐节序、风物来写作，不是很痴傻吗？不过他很快调整心态：确实很傻，但好歹不俗。

冬至之后，白昼变长，有助于睡个好觉。

我还以为他会说：白天变长之后，工作量增加，收入也增加。没想到他对此不屑一顾：那些门外的事情，比如收入，多少才叫满足呢？永远没个尽头的，还不如睡饱，来得精神。

睡饱之后，跟诗社中人相聚，互相笑歌应答。用心地劝酒，让大家都喝得尽兴；把那些梅花曲，从头到尾听个遍。

词的结尾，范成大总结说：就算不能醉一辈子，此刻尽情畅饮也是好的，不要拘束。

搞了半天，原来是首劝酒词。

范成大的老乡陈三聘，喜欢和范成大的词，这首词也不例外。

但正如陈三聘自己所说，写得确实"芜言"较多，又不免有"狂率之意"，这里就不过多介绍了。

跟范成大比较类似，葛立方也写有《蝶恋花·冬至席上作》：

> 缇室群阴清晓散。灰动葭莩，渐觉微阳扇。日永绣工才一线。挈壶已报添银箭。　　六幕无尘开碧汉。非雾非烟，仿佛登台见。梅萼飘香萦小宴。霞浆莫放琉璃浅。

丹黄色的房屋，四周布满缇缦，用来观察节气。

冬至的早晨，屋内的群阴消散而去。

"葭莩"指芦苇秆内的薄膜，古人把它烧成灰，放在十二律管中，据说可以用来占节候。

冬至这天，芦苇灰动，果然有微弱的阳气在扇动芦苇灰。

白天变得更长，据说，晋魏时期，宫中以红绣线测量日影，冬至后，日长一线。

"银箭"指刻漏之箭，古代用来计时，这句表明冬至后白昼果然变长。

上阕写完时间，下阕写冬至后空间的变化。

六合都没有尘埃，天空仿佛刚打开一样干净。没有雾气，也没有烟尘，这样干净的天空，就像登上高台才能看见的蓝天一样美。我们在冬至这日开宴，周围萦绕着淡淡的梅香。

无论是时间还是空间，都如此美好，在座的诸位，不要让你的酒杯空浅着，赶紧倒满美酒，我们一起开怀畅饮啊。

搞了半天，这也是一首劝酒词。

京镗《水龙吟·寿王漕，是日冬至》虽不是劝酒词，却是祝寿词。

北宋状元冯时行，本来前途一片光明，因主张抗金被弃用十多年。

他写有一首《渔家傲·冬至》，虽也涉及酒，却有不同：

> 云覆衡茅霜雪后，风吹江面青罗皱。镜里功名愁里瘦。闲袖手，去年长至今年又。　　梅逼玉肌春欲透，小槽新压冰渐溜。好把升沉分付酒。光阴骤，须臾又绿章台柳。

此时冯时行大约在退居，所以是住在衡茅，即简陋的茅屋。天上云朵没有散去，茅屋上的霜雪也都还覆盖着屋顶。这时风吹着江面，竟透露出皱波里的碧水，显示出新生命在涌动。

词人揽镜，白发苍颜，功名付诸流水，身体却因忧愁而消瘦。不如袖手旁观吧，反正去年冬至过去，今年冬至又来，我也没有不闲的时候。

读这样的词，很容易联想到辛弃疾和陆游。

下阕先从梅入手，梅花洁白，逼似白里透红的玉肌，春天马上就要透露而出。小槽里面新酿的美酒已经如冰水解冻，清澈透明。那就把个人的升沉官运都交给酒吧，一醉解千愁。光阴飞逝，转眼柳树变绿，春天就要到来。

从结尾中，我们很难读出冯时行是高兴还是悲哀，是绝望还是希望。

也许，真的是酒在起作用，让他暂时忘怀吧。但联系前文，还是能够感受到大好时光被浪费掉的缺憾。

高寿九十二的汪宗臣，是南宋遗民，他写的《水调歌头·冬至》终于跳开了酒：

> 候应黄钟动，吹出白葭灰。五云重压头，潜蛰地中雷。莫道希声妙寂，嶰竹雄鸣合凤，九寸律初裁。欲识天心处，请问学颜回。　　冷中温，穷时达，信然哉。彩云山外如画，送上笔尖来。一气先通关窍，万物旋生头角，谁合又谁开。官路春光早，萧落数枝梅。

上阕也是写冬至时的传统，芦苇灰占气候，观云占收成。不同的是，汪宗臣把注意力集中在箫笛上。

尽管冬至到来，万物冬眠，连冬雷也潜伏于地。这并不意味着细微的妙音一点都没有，君岂不闻九寸箫笛吹出雄音引来凤凰的事吗？

吹箫引凤主要是指萧史和弄玉的故事。

传说他们善于吹箫，后来箫声引来凤凰，两人就乘着凤凰化仙而去。

汪宗臣这里并非想要讲这个故事，而是以此为例，告诉我们静动的微妙关系。由此，汪宗臣悟出天心的妙处，跟颜回安贫乐道是一样的道理。

下阕开始讲理，有点枯燥，总的看法是阴阳可以互相转化。

所幸他很快拉回来，用自己的事例来说明。因为他是南宋遗民，入元后不仕，生活当然比较贫贱。

我们很理解他要从颜回身上找勇气，可贵的是，他还更进一步。

尽管我生活很贫贱，可是丝毫阻挡不了我用笔写下如画的作品。

为什么会这样呢？这跟天地一样，只要有一气打通关窍，万物就应气而生。只要我坚守住自己的节操，万事万物也就为我所用。

所以这不是谁开谁合的问题，而是怎么开合的问题。

最后，汪宗臣还不忘做个对比，来挖苦那些没有气节的人。他说，官路上的春光固然来得比穷乡僻壤早，但是梅花落得也快。

言外之意就不言而喻了。

汪宗臣的这个观点，笔者非常赞成。

对于作家来说，没有气节，什么题材都运转不好；有了气节，自然左右逢源。

写到这里，细心的朋友应该也能发现，我们引用的很多词人都是很有骨气的。

当年，有人看了钱钟书的《围城》，想来拜访钱钟书。

钱老幽默而睿智地回答说："吃了鸡蛋好，何必要看下蛋的老母鸡？"

这倒不是钱老自谦，凡是有过农村生活经验的人都知道，鸡窝最乱。鸡蛋好看好吃，可是鸡窝很乱，你来看鸡窝，是想可怜那只蛋呢，还是想把鸡窝弄好？

无论是哪一种，都不对。

鸡蛋生出来，就脱离鸡窝了，不以出身论英雄，何必抓着乱鸡窝不放？

鸡窝如果做得干干净净，老母鸡就不愿在里面下蛋。既然左右都不是，还是钱老的选择最好，那就干脆不要来。

就我所知，写出优秀作品的作家，很多人书桌都很乱。比如陆游、闻一多，你要是帮他们收拾好书桌，你就等着挨骂吧。

相反，有些人把书桌收拾得整整齐齐，却写不出一行字。乱不一定意味着穷，穷也不一定意味着乱。

但有些东西，确乎需要一定的缺憾，才带来一定的灵感。就比如，鸡蛋大多就诞生在乱鸡窝里。比如，欧阳修他们早就发现的"诗穷而后工"。

所以，当汪宗臣因为坚持气节而贫贱的时候，他的作品反而熠熠闪光。

无论是范成大、葛立方还是汪宗臣，他们都是幸福的。

陈德武和吴文英就比较凄惨了，在冬至的时候，还要忍受离别之苦。

如果一定要比惨的话，吴文英更惨，所以我们先看陈德武，他写有《西江月·冬至》：

时序去如流矢，人生宛似飞蓬。石湾江上又逢冬。且喜一阳初动。　　但见堪舆杳杳，更连山水重重。凄凉云物雨濛濛。惟足睡中归梦。

时光迅速流逝，就像飞驰的利箭；人生则如无根的蓬草，随风而去。

这无根的人生，自然是陈德武在说自己。

如今，我又在石湾江上遇到冬天，虽仍在外漂泊，姑且为冬至到来的一丝阳气而欢喜吧。毕竟，纵目所及，只能看见天地遥远，中间更是山水重重。

这还不算完，还有凄凉的云朵蒙蒙的细雨横亘其中。

说来说去，都是陈德武望家，结果发现家在云雨弥漫、山水重重、天地遥遥的远方。

如此遥远，连望都望不到，更别谈回去了。

陈德武也很识相，干脆说，那就只能利用这越来越长的白昼，睡个好觉，梦里回家了。

淳祐四年（1244年）冬至日，有"词中李商隐"之称的吴文英，在杭州写下《喜迁莺·冬分人别》：

> 冬分人别。渡倦客晚潮，伤头俱雪。雁影秋空，蝶情春荡，几处路穷车绝。把酒共温寒夜，倚绣添慵时节。又底事，对愁云江国，离心还折。　　吴越。重会面，点检旧吟，同看灯花结。儿女相思，年华轻送，邻户断箫声咽。待移杖藜雪后，犹怯蓬莱寒阔。最起晚，任鸦林催晓，梅窗沉月。

这年吴文英从苏州搬到杭州居住，但是儿辈还没搬过来。

孤独寂寞中，吴文英想起杭州的一位亡妾，就写这首词悼念。

"冬分"就是冬至，与家人分别，我这疲倦的客子渡过晚潮，来到杭州。我的白发如雪，天上还下起雪。

白潮、白发、白雪，正照应着词中的"俱雪"二字。

大雁南飞的身影，跟秋天一样杳无踪迹了。满目都是萧瑟的景象，只有想起死去的妾，才略微缓过生机。

"蝶"情可能是指李商隐的"庄生晓梦迷蝴蝶，望帝春心托杜鹃"，有人指出，蝴蝶、杜鹃，都是人所变化，象征着死亡，所以这里引申为暗指亡妾。

这当然是一家之言，吴文英的词有很多歧义，不好确解，我们取一种看法来讲。

尽管勉力支撑，却仍多次像阮籍那样穷途痛哭。如今，冬夜漫漫，更加让人无可奈何。只有把酒喝进肚里，让酒不冷，我也不冷，共同度过寒夜。喝酒之后，倚靠在绣床上，慵懒地感受心理的变化。

不知道为什么，面对江国上弥漫的愁云，我那孤独的离心，又被什么给折断了呢？说好的是孤独，如果还有人来折断我的离心，我又怎么算孤独呢？

这真是只有吴文英才能设想出来的悖论。

或许，那个折断他离心的，不是人，而是亡妾的魂灵。

下阕转入回忆或梦境：在杭州与亡妾会面，共同查看旧稿。

"灯花结"原指好事近，这里也有"何当共剪西窗烛"的凄情。

在这样的儿女情中，我把大好年华轻易抛送……

后面还经历了什么，吴文英没有细说，因为邻户的箫声已经停止，那随着箫声想起的往事，也戛然而止。

我想等到雪后再拄杖出发接儿辈，可就算雪后，我也害怕江上太寒冷。

这些细节——拄杖、怕冷——都在暗示词人衰老了。与前文的"年华轻送"进一步呼应。

既然如此，那就起来晚一点，任由林中鸦声催促清晨，旁边有梅树的窗外月色沉沉。这又呼应着上阕的"倚绣添慵时节"。

由此我们甚至可以怀疑，吴文英自己也分不清与亡妾的再会，是回忆，还是梦幻。

为什么说吴文英更惨呢？因为他一生之中似乎从未得意过。

甚至连冬至这样的难堪，也不是第一回经历。

淳祐六年（1246年）的冬至日，也就是写下《喜迁莺·冬分人别》后两年，吴文英的生活状况仍没多大改变，这从他的《西江月·丙午冬至》可以看出：

添线绣床人倦，翻香罗幕烟斜。五更箫鼓贵人家，门外晓寒嘶马。　　帽压半檐朝雪，镜开千靥春霞。小帘沽酒看梅花，梦到林逋山下。

冬至节日，贵人家是日永人倦，倚靠绣床，绫罗帷幕内的香气如烟。

五更吹箫敲鼓，迎接节日，门外贵人们骑马互相祝贺，连清晨的寒冷都不觉得了。

下阕写吴文英自己。帽子上半个帽檐都挂着早上的霜雪。西湖上的湖水在晨光中摇曳，如镜中美女的笑靥。

词人这么早地来到湖边，究竟是为了什么？原来是过来买酒喝，顺便看看梅花。

看到梅花，想到梅妻鹤子的林逋，于是在梦中来到林逋隐居的孤山脚下。

作为一个在杭州读过四年大学的人，我不能不提出一个疑问：

吴同学，你就在西湖，孤山也在西湖边上，与其做梦，还不如真去孤山。

有那做梦的时间，孤山早就走到了。

可是吴文英也有难言之隐，他本身并不是完全自由的，他要游走在贵人之间，做清客也好，做幕僚也罢，总得为了生计不停奔波。

否则，他怎么把贵人过冬至节的程序摸得这么透？谁能说，他没有在中间发挥一些什么作用呢？

所以，即便孤山近在脚下，他也不能真的去。真的去，就意味着自己要像林逋一样隐遁，那以后哪个贵人家还请他呢？

他一生都没有一官半职，没有贵人邀请，他如何生活？孤山就在眼前而不能去，还有谁比吴文英更惨？

据记载，吴文英最后也是"困踬以死"，连死亡的具体日期，都不得而知。

西江月·冬至

时序去如流矢，人生宛似飞蓬。石湾江上又逢冬。且喜一阳初动。

但见堪舆杳杳，更连山水重重。凄凉云物雨濛濛。惟足睡中归梦。

宋·陈德武

小寒

小寒：劲风冽·瘦梅发

《汉学堂经解》所辑崔灵恩《三礼义宗》："小寒
为节者，亦形于大寒，故谓之小。言时寒气犹未为
极也。"《月令七十二候集解》："十二月节，月初寒
尚小，故云，月半则大矣。"此时大部分地区比较
寒冷。

小寒天气已经很冷，之所以叫小寒，只因后面还有更冷的
大寒，只意味着有点冷而已。

天气一冷，不怕冷的人就显得很突出。笔者曾经就看到过
大冬天穿背心跑步的男子，很是羡慕。

当然，大家印象更深刻的，或许是寒风中的大长腿。

在古代，寒风中还露出身体的，一般都是穷人，买不起衣
服穿，只能如此。

比如老杜诗中的"赐浴皆长缨，与宴非短褐"的短褐。

古人倒是更喜欢不怕冷的事物，比如青松。孔老夫子曾经
感叹"岁寒，然后知松柏之后凋也"。只有天气冷下来，所有树
木都落叶了，才知道松柏是常青的。就像君子——这倒不是说
大家都穿得很臃肿，君子只穿短褂，所以很突出——太平时代
显示不出君子的责任，一旦面临艰难，君子的作用才体现出来。

所以我们谨记孔夫子的教诲，每当遇到困难，都感觉离君子更进一步。那可是上天派来考验君子的——这还不足以说明，困难中的人都有潜力成为君子吗？

孟子说得更直白，"天将降大任于斯人也"，就会先降下困难。

孟子冬天可能不穿秋裤，因为他"善养吾浩然之气"嘛。

除了青松，不怕冷的还有梅花，所谓"凌寒独自开"是也。相对而言，青松不怕冷已很可贵，梅花只是一朵花，也能冲寒绽放，给原本苍白的冬天增加一抹亮色，单纯从美感上来说，就已足够诗人词人们痴迷了。

果然，小寒节气，赏梅、望梅成为一种风气。

与叶梦得是好朋友的葛胜仲，就写有一组诗，诗题就叫《菁山梅花盛开，予独未之知。十一月二十二日，周元举察院饷数枝，以诗三首为谢》。

原来，葛胜仲后知后觉，直到别人把梅花送到眼前，才想起赏梅，所以写诗感谢他。

葛胜仲在第三首诗中说明自己后觉的原因，原诗如下：

山头云物冻吴天，几树寒英唤我前。老不禁愁聊索笑，病方止酒暂从权。松篁傲雪堪为伴，桃李酣春未敢先。习隐菁山真不恶，吟鞍十里看芳鲜。

菁山顶上云气缭绕，整个吴地都被冻住一般。一棵棵梅树开着梅花，想要呼唤我前去。可是我已年老，又生病，没法去山中，只能借着好友送来的几枝梅花破愁一笑。

本来因病戒酒，但面对如此梅花，岂能不饮？那就暂时灵活处理吧。

松竹都不怕雪，跟梅花可以做伴。桃花、李花要到春天才敢绽放，如今梅花已开在先，就不敢争先了。

这里其实也有一个小问题：先后是个标准问题。

比如，如果用一年的时间为标准，那桃花、李花开在春天，明显比开在冬天的梅花早。

可是如果用谁开完谁再开为标准，那确实梅花开完之后，才是桃花、李花，就像冬天过去才是春天一样。

既然标准不同，答案不一样，那么，选择什么标准，实际上就意味着作者的倾向。

葛胜仲认为是梅花先开，自然是在礼赞梅花。就这几株梅花都已经让葛胜仲情不自禁写下三首诗，如果在菁山，那还得了！

所以葛老在结尾处说，如果能去菁山学习隐遁真不错，有十里梅花可以欣赏，可以写诗。

葛胜仲因老病无法去菁山看梅，好朋友折梅相赠，这原没有什么。但也并不是每个人都赞同折梅，比如这首《解连环·望梅》就说：

小寒时节。正同云暮惨，劲风朝冽。信早梅、偏占阳和，向日处，凌晨数枝争发。时有香来，望明艳、遥知非雪。想玲珑嫩蕊，弄粉素英，旖旎清绝。

仙姿更谁并列？有幽光照水，疏影笼月。且大家、留
倚阑干，对绿醑飞觥，锦笺吟阅。桃李繁华，奈彼此、
芬芳俱别。等和羹待用，休把翠条漫折。

这首词，有人说是柳永所写，有人标为无名氏作品，我们
姑且存疑，只看词的内容。

小寒天气，正是晚上同云惨淡，早上劲风凛冽。

所谓同云，典出《诗经·小雅·信南山》："上天同云，雨雪
雰雰。"

朱熹解释说："同云，云一色也。将雪之候如此。"

在这样早晚寒冷欲雪的恶劣天气中，我们的早梅，却独自
充溢阳和之气，向着太阳，凌晨几朵互相争先恐后地开放了。

不时有香气飘来，一眼看去，又很明艳，所以远远地就知
道那并不是雪花。

还没有来到梅前，词人就忍不住想，梅花花瓣玲珑剔透，
花蕊娇嫩，白色的花瓣含着花粉，简直是柔美清丽至极！

这样天生丽质，谁有资格给梅花做背景呢？

词人一边想，一边看，有幽光闪闪的水面映照着它，轻笼
的月光给它留下淡淡的疏影。

如此好花好景，词人跟朋友们一起欣赏、喝酒。

但是词人说，大家且倚靠着栏杆，喝酒写词，不要走近
梅花。

为什么呢？词人没有马上回答，而是先虚晃一枪，说桃李
虽然开得浓艳，但是跟梅花相比，差别还很大。

似乎在说，不如梅花的桃花、李花，也没见你们折来，却为何偏偏要对我梅动手动脚？

词人的担心不是没有原因的，自从"江南何所有，聊赠一枝春"以来，折梅相赠就成为文人间的雅事，文人彼此是雅了，不知道损坏多少支梅花！

词人大声疾呼：梅花谢了结果，梅子可以用来调味，你们不要再折梅花了！

用梅调味，不仅是古人的做菜手法，也含有调和天下的情怀。

回过头来，我们再看词题中的"望梅"二字，就大有深意了：只可远观，不要折玩。

可是，说来容易，要想大家真的做到"有花堪折不要折"，很难。

不仅梅花遭到这样的厄运，连蜡梅也不能幸免。

宋代词人喻陟，在《蜡梅香·晓日初长》一词中，就非常坦白地揭露出自己折花的经过：

晓日初长，正锦里轻阴，小寒天气。未报春消息，早瘦梅先发，浅苞纤蕊。揾玉匀香，天赋与、风流标致。问陇头人，音容万里。待凭谁寄。　　一样晓妆新，倚朱楼凝盼，素英如坠。映月临风处，度几声羌管，愁生乡思。电转光阴，须信道、飘零容易。且频欢赏，柔芳正好，满簪同醉。

　　早上的太阳才升起不久，可是锦里一带还是轻阴笼罩的小寒天气。

　　锦里在成都，是有名的景点。

　　上次去成都游玩，成都朋友告诉笔者，成都人最见不得太阳。

　　笔者的第一反应是：什么？蜀犬吠日吗？

　　当然，笔者没有这么不礼貌地说出来，而是问他："为什么不能见太阳呢？"潜台词是：是因为皮肤比较敏感吗？

　　可能朋友意识到我在想别的，赶紧解释说：

　　见不得太阳的意思是，一看见太阳就要出去玩，因为太阳比较少嘛。

　　词人这样写成都，既有太阳，又有轻阴，恰好符合成都的天气状况。

　　没有任何春天到来的预兆，只有瘦梅在早上绽放。跟瘦梅的瘦枝一样，它的花苞也是浅浅的，它的花蕊也是细细的。

　　别看瘦梅不起眼，可是花瓣微黄如玉，香气芬郁，这些都是大自然的巧夺天工，赋予它的风流标致，是寒冷无法剥夺的。

　　"陇头"原指边塞，这里的陇头人指远方的朋友。

　　词人看见蜡梅如此美好，本能地就想跟好友一起分享。正要下手去折，这时忽然想起好友远在万里之外，怎么寄得出去呢？

　　蜡梅逃过第一劫，但不要高兴得太早，还有下阕。

　　下阕一开始，词人神飞到好友身边，想象着她跟蜡梅一样打扮得漂漂亮亮，正倚靠在楼边，凝神顾盼，若有所待。

"素英"指白色的花瓣，可能想象着好友那里的梅花也开了，不过已快坠落。

落梅花原指曲调，有着丰富的文化内涵。

而对于词人来说，他很快由落梅想到落梅曲，接着想到吹曲的乐曲和听曲的人。

在月光照耀、寒风吹拂的地方，飘来几声羌管，惹得好友生起乡愁。这一抹抹乡愁之中，也有一份对词人的记挂吧？

词人接着回到现实，时光流转，确实啊，梅花多么容易凋零。既然如此，那就及时欣赏，趁着蜡梅正好，折下来插在头发上，喝个酩酊大醉！可见，蜡梅最终没有躲过这场劫难，而原因就在于，它太美！

这算什么理由！我们可以理解词人的心情，也对他深表同情。

问题在于，被你折掉的蜡梅，就不会凋零吗？反而会更快地凋零！但我很快便原谅了他，毕竟他已喝醉，"严于律己，宽以待人"嘛。

我们管不了古人，却可以管好我们自己。

寒冷的天气，无论是梅花还是蜡梅，都给我们带来温暖，我们也该温暖它们。

蜡梅香·晓日初长

晓日初长，正锦里轻阴，小寒天气。未报春消息，早瘦梅先发，浅苞纤蕊。揾玉匀香，天赋与，风流标致。问陇头人，音容万里。待凭谁寄。

一样晓妆新，倚朱楼凝盼，素英如坠。映月临风处，度几声羌管，愁生乡思。电转光阴，须信道、飘零容易。且频欢赏，柔芳正好，满簪同醉。

宋·喻陟

大寒

大寒：河封冰·心忧民

《授时通考·天时》引《三礼义宗》："大寒为中者，上形于小寒，故谓之大，寒气之逆极，故谓大寒。"一般是我国最冷的时候。

小寒过后就是大寒，一年中最冷的时候到来了，也是一年的结尾。

从立春开始，到大寒结束，一年临近尾声，本书也要和读者说再见了。

回头想想，大寒结束就是立春，实际上二者有衔接，可为什么感觉就完全不同了呢？

立春也很寒冷，可说起来，却代表着希望，让人奋进。

或许所谓的二十四节气，与其说是古老的农业经验，还不如说是古老的人生智慧。

回到大寒，天气又冷，又到年末，敏感的诗人、词人，一个个都有很多感触要说。

北宋"连中三元"（乡试、会试、殿试均第一）的宋庠，就写有《大寒夜坐有感》：

河洛成冰候，关山欲雪天。寒灯随远梦，残历卷

流年。杯共芳醪冻，簪依短发偏。毫厘九牛畔，头角
两蜗前。冶外金休跃，山阿溜或穿。飘人谁怨瓦，使
鬼尚须钱。招隐芝岩路，盟真玉笈篇。何当坐清颍，
间洗世中缘。

宋庠是宋祁的哥哥，三元及第，做过宰相，连这样富贵之
人，也免不了大寒夜坐，感慨之余，写下这首诗歌。

黄河洛河已经结冰，关山将要下雪。灯本是温暖的，因为
太冷，所以是寒灯。点起寒灯，刚做的梦就任它远去，无影无踪。

日历撕到大寒节气，也没剩下几页了，所以叫残历。随着
残历一起变少的，还有流年——一年也没剩下几天了。

既然醒来，就想喝点酒暖身，结果没想到，酒杯跟美酒一
起冻得透心凉。用簪子想把头发扎起来——古人都是长发——
结果没想到，头发落得太多，短发不仅没扎成功，还把簪子给
带歪了，偏在脑袋的一边。

这真是干啥啥不顺了，不过宋庠度量很大，很会排遣。

所谓的烦恼不过是九牛一毛毫厘之间，所谓的争名夺利也
不过是蜗牛角上的斗争。

这些都要看你怎么去看待，自然就好处理。

就像金属，在熔炉之外不会流动闪烁——这是略有深意的，
很容易联想到"众口铄金"，怎么让别人不说你的坏话呢？离得
远远的。

为什么害怕谗言呢？因为谗言就像山间的水滴，君岂不闻，
滴水穿石？

270

庄子说过，再心生妒忌的人，也不会埋怨从天而降的飞瓦。

有钱能使鬼推磨，鬼尚且如此，人生在世，谁不想因为钱财而说人坏话呢？如果把流言当作飞瓦，把谗言之人看作比鬼好一点，也就不会想不通了。

怎么说呢，如果笔者没揭示错的话，宋庠的境界不是一般人能达到的。词的结尾宋庠表示，我虽能忍受、宽恕这个丑恶的人间，但我决不能与之同流。我要归隐，我要学道，我要有朝一日坐在颍水边，洗尽一切尘俗。

与宋庠的心怀阔大不同，女诗人温琬在《大寒偶成》中说：

> 公阁呵纤手，濡毫结冻丝。发妆惟有酒，谁为暖
> 轻肌。

温琬虽为娼妓，却有才华，司马光称她为"甘棠女状元"。她后来成为官妓，所以诗中说是公阁。

大寒之时，在官府楼阁中呵手濡毫，准备写诗，可是毛笔都冻住了。

毛笔都冻住了，胭脂也没法涂抹，只好喝酒，让两颊红润。

这些她自己都好解决，唯独一个，是她无法的，就是大冷天，情郎不来，没人互相取暖。

跟温琬的儿女情长不同，苏舜钦则在大寒之时忧国忧民。

宝元二年（1039年）冬，北宋与西夏苦战，天大寒，苏舜钦写下《己卯冬大寒有感》：

延川未撤警，夕烽照冰雪。穷边苦寒地，兵气相
躔结。主将初临戎，猛思风前发。朝笳吹馀哀，叠鼓
暮不绝。淹留未见敌，愁端密如发。予闻古烈士，自
誓立壮节。九泥封函关，长缨系南越。本为朝廷羞，
宁计身命活。功名非与期，册书岂磨灭。然由在遇专，
丑类易剪伐。训士无他才，赏罚在果决。近闻边方奏，
中覆多沉没。罪者既稽诛，功者不见阅。虽使颇牧生，
勇智当坐竭。或云庙堂上，与彼势相戛。恐其立异勋，
欻然自超拔。不知百万师，寒刮肤革裂。关中闲诛敛，
农产半匮竭。我欲叫上帝，愿帝下明罚。早令黠虏亡，
无为生民孽。

据《续资治通鉴》记载，当时西夏进攻北宋鄜延路，抓走很
多军民。危急时刻，西头供奉官马遵拼命追击，夺回军民。此
事上闻朝廷，朝廷却只升马遵一官而已，大家都议论纷纷。苏
舜钦感于此事赏罚不明，写下这首诗。

诗中的大寒，未必指大寒节气，但从节候来看，相差不远。
天已大冷，延川一带还没有太平，到处是烽火狼烟，升起在冰
天雪地中。这样苦寒的边塞，缠结着兵气，一直没有停息。主
将才到前线，本想树立一番功业，可是早上笳声悲哀，晚上鼓
声不断，声势很大，却没有见到敌军，新生的忧愁如浓密的头
发数不清。

我听说古代的壮士，都发誓要树立名节。

他们既要像王元用泥丸封住函谷关那样守卫疆土，也要像

终军用一根绳子把南越王捆来那样开疆拓土。

这些壮士之所以这样做，是为朝廷着想，从来不顾个人生死。至于功名，更不是他们所关注的。可虽然他们不关注功名，朝廷却褒奖他们，褒奖的册书从未磨灭过。这样一来，他们进退专断，很容易就消灭敌人。由此可见，驾驭这些壮士并不需要其他办法，只需要果决地赏罚分明就可以了。我最近听说，边塞传来的奏折，多数都沉没不管。那些犯罪的都被杀了，有功劳的人却没有赏赐。惩罚很严格，没有问题，可是奖赏却跟不上。在这种情况下，就算是廉颇、李牧这些名将重生于我大宋，他们的勇猛与智慧，也会被我们的赏罚不明消磨殆尽。有人解释说，朝廷跟边将之间，是势不相容的。朝廷害怕边将建立不世之功，转瞬之间超拔秀挺，容易自立为王。

这实际上是宋太祖、宋太宗吸取唐末军阀割据的教训，而采取的措施。

苏舜钦竟然敢公开叫板，真是刚正不阿。

他说，这样担心固然没错，可是，就因为这种担心，就让百万军队在寒风中肌肤冻裂，让关中百姓因为要提供军粮而困乏匮竭，我真的过意不去。

我想呼叫上帝，希望天帝赏罚分明。如此一来，早日消灭西夏，军民就都不用再受苦了。

从宋代积贫积弱的现实来看，苏舜钦的意见自没被采纳。

苏舜钦跟梅尧臣一样，都是宋诗的重要开拓者。他后来被罢官，不久病逝，才活了四十岁，让天下壮士，都为之扼腕叹息。

比苏舜钦多活了四十多年的陆游，其实也一样坎坷。

陆游喜欢写大寒，他标明大寒节气的就有《大寒出江陵西门》和《大寒》，其他没有标明的更多，我们来看较有代表性的《大寒》：

> 大寒雪未消，闭户不能出。可怜切云冠，局此容膝室。吾车适已悬，吾驭久罢叱。拂尘取一编，相对辄终日。亡羊戒多歧，学道当致一。信能宗阙里，百氏端可黜。为山倘勿休，会见高崒嵂。颓龄虽已迫，孺子有美质。

大寒这天，积雪未消，关着门不敢出去。可怜这高高的切云冠，却局促地蜷缩在方丈之室。

这是形容自己壮志未酬，只能衰老一屋之中的无奈。

我的车早就高悬，我也不再叱骂我的马，因为我都好久不乘车马出去了，也不单单是因为大寒天气而不敢出去。如今，我吹开书上的灰尘，取一本书，一看就是一整天。看书最忌歧路亡羊，学道更要专心致一。

"阙里"指孔子故乡，如果真能崇信孔子的学说，罢黜百家也无妨。这样读书就像运土成山，只要不停止，终有一天会堆出高耸的山来。我现在年事已高，自然等不到成为高山的那天。但我还是读个不停，因为我的儿子是"孺子可教"，他会帮我成就高山的。

一代爱国诗人，因为无法实现收复故土的壮志，只好把自己锁在书斋中度日。

274

这不一定是坏事，毕竟陆游也很喜爱读书。

可是远离世事，一心只读圣贤书，天下就真的无能为力了。

比陆游略早一些的向子谭，早年亲自参加抗金斗争，后来因为反对秦桧议和而降职。

绍兴二十一年（1151 年）冬末，他写有一首《减字木兰花·青松翠筱》，抒发岁末无成的感慨：

青松翠筱，一夜欹倾如醉倒。残腊能佳，落尽梅花见雪花。　诗涯酒岛，何日登临同笑傲。未老还家，饱历年华有鬓华。

词前有序，说是这年冬天比较温暖，腊月前梅花就已开完，飘落。

在立春前一天，却突然降温，下起大雪。

好朋友过来拜访，并带来另一位好友写的词，词中满是关切。

向子谭读完很感动，也写一首词相赠，托好友带去。词中说，无论是青松还是绿竹，一夜之间都被大雪压弯倾倒，就像人们醉倒一样。没想到腊月这么神奇，眼看梅花落尽，又能看到雪花纷飞。

上阕写眼前所见景，下阕开始写心中所念情。

诗词就像河流，美酒一如孤岛，我们几个好朋友，不知道什么时候可以一起登上去，喝酒写诗填词唱歌，笑傲天涯。可惜啊，我还没老就被朝廷弃用，赋闲在家，饱历年华，连两鬓都已花白。眼看明日立春，这马上就要过去的一年，看来又注定要被我虚度了。

这无声的控诉，真让人心泪俱下。

刚读此词开头还觉得奇怪，竹子会被大雪压弯，难道青松也会吗？读到末尾，才恍然大悟，在经年的赋闲消磨下，一个人的斗志都会消沉，何况青松呢？

我们读过太多的词，诉说着不能回家的遗憾。

家，对于我们中国人来说，对于二十四节气词来说，意味着太多太多。

但是向子谭告诉我们，还有比家更可贵的，是国。

贺知章"少小离家老大回"，虽也有"乡音无改鬓毛衰"的遗憾，但更多的是为国操劳一生之后的坦然，所以他能很幽默地开玩笑："儿童相见不相识，笑问客从何处来。"

对向子谭来说，"未老还家"，却只能挤出一丝苦笑了。当然，换个角度来看，"未老还家"，也很烦人。

比如，毕业后有些年轻朋友没及时找到工作，在家待久一些，就会惹爸妈嫌弃。甚至有些人为了照顾家人而放弃工作，换来的却是家人的埋怨。如何把握好这个度，真的很重要。

而二十四节气，就是先祖把岁月拆成一块一块的，方便我们把握。

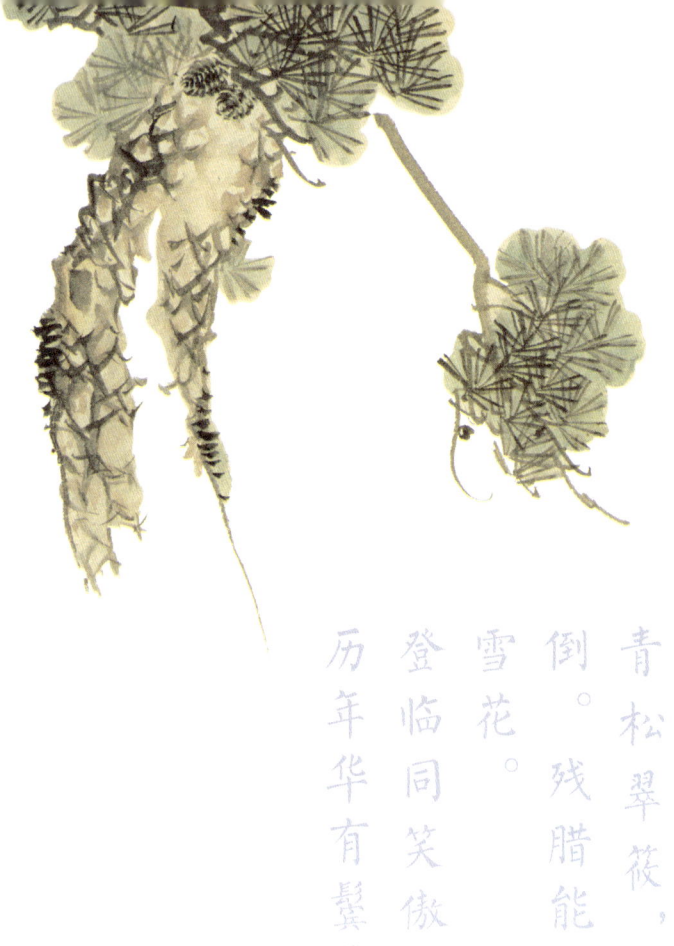

减字木兰花·青松翠筱

青松翠筱，一夜欹倾如醉倒。残腊能佳，落尽梅花见雪花。　诗涯酒岛，何日登临同笑傲。未老还家，饱历年华有鬓华。

宋·向子諲